京都夢幻奇譚

礒谷義仁

幻冬舎 MC

目次

イラスト・表紙　深咲

一、夢かうつつか

上賀茂神社の三流さん

学生の頃、上賀茂神社の明るい森で不思議な老人に出会った。参拝を終え、バイクにまたがろうとした時、その老人は一直線にこちらへやってきて、目の前で唐突に喋りだした。

「わしはな、ミツルという。三本の流れと書いて三流《みつる》じゃ。どうだ、珍しいじゃろ」

突然現れて珍しいも何もないもんだ。返事できずにいると、彼は構わずに続けた。

「わしはな、これまでずーっと水で走る車を作ろうと考えてきた。水ならタダだし排気ガスも出んしな。夢の車じゃあ。しかし、年だからもうこれ以上は続けられん。見たところ君は若い。是非研究して水で走る車を実現してくれ。頼むぞ」

それだけ言うと彼は森の奥へすたすたと去っていった。老人とは思えないスピードだった。

なるほど水ならタダだし、排気ガスも出ない。その代わりに酸素と水素が出る。走れば走るほど街がキレイになる車というわけだ。水素はウサギさん風船にして子どもに配ろう。水素排出口にセットされたウサギさん風船が、走る間にふわりふわりと膨らんでいく。車を止めて、集まってきた子どもたちに配る。ワーッと歓声が広がる。海辺では海水を使おう。燃料タンクにつながる小型自動蒸留装置で水と塩を分離する。そして、しばらく走ると酸素が出て、ウサギさん風船が膨らみ、袋詰の食塩がコトリと出てくる。買い物帰りの子ども連れの奥さんたちにあげよう。街がキレイになり、奥さんと子どもたちに笑顔が広がる。まさに夢の車じゃないか。ひょっとすると、あの老人は神だったのかもしれない。今考えると、どんな服装をしていたか、どこから現れてどこへ去ったのか、どうしても思い出せない。参拝客もそこそこいたはずだが、その瞬間はしんとして人の気配がなかった。

その後、月日は流れて中学生に授業をする立場になったので、卒業前には必ず彼らに喋るのだ。

「君たちは若い。是非研究して水で走る車を実現してくれ。頼むぞ」

あなたのうしろの世界

うしろの世界について考えたことがあるだろうか。うしろの世界とは、前を向いているあなたのうしろに広がっているはずの世界のことだ。今で言うなら、あなたの前にはこの本があり、コーヒーカップがあり、その左右には見える範囲で机や何かが見えているだろう。よく晴れた気持ちの良い風景が広がっているのかもしれない。でも、あなたのうしろはどうだろう。何があるんだろう。見たことのない何かがいるかもしれない。この世のものか、あの世のものか。いやいや、あなたのすぐうしろは、広く深い漆黒の闇であるかもしれないし、断崖絶壁の崖っぷちに立っているかもしれない。「そんなはずないって！」というあなた。あなたにそれを確かめることはできない。だって、振り向いた瞬間、そこは前になり、うしろはすっと音もなくあなたの視界の外へ回り込むから。「鏡を使えば見えるじゃん！」いえいえ、鏡の世界は、左右逆の世界。しかも平面に映っているだけの世界。真実を映しているかどうかはわからない。「手で探れば壁があるもん！」はて、本当に、それは壁だろうか。さっき見た時は壁に見えたが、今はまるで違うものに変わっているかもしれない。

　そう考えると、見えていない世界の存在を証明することは極めて難しいと言わざるをえない。例えばテレビドラマの一シーン。明るく笑う恋人たちの前には、爽やかな高原の朝だったり、ロマンチックな港の夜景が広がっているものとあなたの脳は信じて疑わないが、実はそこにあるのは何台かのカメラやら照明やらレフ版やらマイクであって、汗をブルブルかいた多くのスタッフがいる。監督さんが難しい顔をして座っている。ホラー映画で、振り向いた美女がこちらを凝視して悲鳴をあげる。彼女の前にどんな恐ろしい怪物が現れたかと思うが、怪物の位置にいるのはカメラを構えたカメラマンである。うしろの世界……それは永遠に確認できない世界。そのことを思うとき、『かごめかごめ』の歌が、ものすごい暗黒と恐怖をともなって、あなたのうしろから聞こえてくる。「うしろの正面だ・あ・れ」

浦島太郎の真実

浦島太郎は亀に乗ってどこへ行ってきたのか。海の底の竜宮城？　いやいや、実は宇宙である。鯛や平目の舞い踊り？　いやいや、宇宙人である。大きな亀が手足を縮めた姿は、いわゆるＵＦＯにそっくりである。ＵＦＯを知らない昔の人は浜に着陸した「それ」を大きな亀だと思ったのだろう。亀に乗るというのも、上にまがるんじゃなくて、ハッチから船内に乗り込んだということだ。そうでないと、海であっても窒息するもの。浦島太郎はＵＦＯに乗せられて連れて行かれたのだ。宇宙の某所（母船もしくは彼らの星）へ。

なぜ海でなく空だと言えるのかということに疑問を持つ人がいるかもしれない。しかし、天は「アマ」と発音し、海も海人・海部と書いて「アマ」と読む。神話においての境界線はおぼろげだ。どちらも青く果てしなく広い未知の世界で、アメノトリフネ（天鳥船）という鳥なんだか船なんだかわからない名前の神は空を飛ぶ。そう考えると、浦島太郎が地上に帰ってきたらすごく時間がたっていたということも説明できる。時間は相対的なもので、宇宙では地球上よりずっとゆるやかに流れるからだ。ではいったい誰が、何のために彼を連れて行ったのか。おそらくは我々が言うところの宇宙人が、地球人（あちらから言えば宇宙人、もしくは未知なる星の原始的未確認生物）研究のためのサンプルとして採集したのだと思う。ウラシマ伝説（人里離れた場所で異人または鬼に遭遇し、楽しく過ごした後に帰ってきたら、とんでもない時間がたっていたというパターン）が世界中に存在するのも、それゆえである。玉手箱は実は記憶抹消装置なのだ。地球人は昔から頻繁に宇宙人に拉致され、研究され、そしてそのことも忘れさせられていたということだ。「けしからん、やっつけてしまえ！」と言われる諸兄もおられるだろうが、それは無理。彼らは、我々の科学力ではとうてい到達できない距離からやってきているわけで、地球人とは比べものにならない科学技術を持っていると考えられる。そんな奴らと戦っても絶対に勝てない。勝てるわけがない。まさに月とスッポンである。宇宙人はコワイよ。

真夏の夜のできごと

夏の不思議な思い出。学生の頃、バイトで伏見稲荷神社の祭りを手伝ったことがあった。今でこそ世界的にもすっかり人気スポットになった伏見稲荷神社だが、当時はそんなでもなく、正月だけは商売繁盛を願う人々でにぎわう神社だった。背後の稲荷山は、無数の祠《ほこら》に埋め尽くされたおどろおどろしい信仰の山であり、近所の人たちの散歩コースでもあった。

たしか七月、全国から集まったお年寄りたちが、稲荷山に無数にある石灯篭に火を入れて歩く祭りがあって、いくつかに分かれたお年寄りたちのグループの先頭を、のぼりを立てて歩いて道案内をするという仕事内容だった。ペースがとても遅いので待ちきれずどんどん歩いていくうちに、気がつくとひとりになっていて、来たことのない所にいた。右は竹やぶ、左は崖の真っ暗なところであった。道案内が案内すべき人々を置き去りにして、なおかつ道に迷うというとんでもない状況に陥ったわけだ。「はて、稲荷山にこんな所があったか?」と思っていると

「どうしゃはったんです」という声がした。振り向くと、白っぽい浴衣を着た女性がそこに立ってにこにこ笑っていた。道がわからないことを言うと「あそこに灯りが見えるでしょ」と言う。手で示されたほうを見ると、その先がぼうっと明るい。

「あっちのほうへ歩いていくと帰れますよ」

確かにたくさんの灯りと人影らしきものが動いているのが見える。

「ありがとうございます」と言って振り向くと、そこには誰もいなかった。

その時は「あれ？　消えたな」ぐらいのもので、無事に参道に戻ることができたのだが、道々あれは誰で、どこから現れてどこへ消えたのか、そもそも真っ暗な中でどうして白っぽい浴衣とやさしげな笑顔がくっきりと見えたのか……考えれば考えるほど怖くなってきて、だんだん早足になった。家に帰った時には汗びっしょりだった。それと、あのお年寄りたちがその後どうなったのかということも、ちょっと気になる。

雪中行軍の怪

二月の終わりだっただろうか、まだ携帯電話もＧＰＳもない頃の話である。滋賀県は多賀のある山に、「河内の風穴」という本格的な洞窟があるらしいと聞いて、一人で出かけた。

バスを降り、このあたりかなと見当をつけて山に入ると、想像以上に雪が積もっていて、はじめは雪の中を進むことが何やら楽しかったのだけど、やがて腰を超える積雪となった。一歩を進めるのも大変で、足を引き抜くのも一苦労という状態になってきた。気を抜くと靴だけ穴に残ったりもする。もう楽しいどころの話じゃない。おまけに見えない地表面には雪解け水が流れているらしく、足先は凍りそうに冷たい。見渡す限りの雪の中では、腰を下ろして休むこともできない。道であるかどうかさえわからない。しかも完全に一人きり。そもそも雪山に入るなんて思ってなかったから、近くのコンビニへ行くような服装で手にはビニール傘一本。まるで裸の大将である。体力はどんどん消耗し、眼鏡は汗でくもり、はあはあ言いながら一歩一歩進んでいた。その時突然、急激に腹が減ってきた。これまでに経験したことがないような異様な空腹。冗談ではなく、もう死ぬんじゃないかと思った。「な、何か食べるものはなかったか」と思った時、鞄の中に多賀大社でお土産に買ったまんじゅうがあることを思い出し、包装紙を破り捨ててむさぼるように食った。すると、恐怖を伴うような空腹は跡形もなく消え去った。結局洞窟を見つけることはできずに帰ったのだが、生きて帰れただけでもよかったと大袈裟ではなく思った。

何日かたって、家でたまたま『日本妖怪大事典』を眺めていたときに、ヒダル神というのを見つけた。昔、峠で餓死した旅人の霊が妖怪になったもので、そこを通る旅人に取り付くと書いてあった。そして、この妖怪に取り付かれると急激に腹が減り、やがて餓死するとあった。これだ、と思った。絶対にこいつのしわざだ。危なかった。もうちょっとで殺されるところだった。助かるためには何か食べればよい。何もないときは木の葉でもよい。それもないときは、手のひらに「米」と書いて食べる所作をすればよいそうだ。

こんな夢を見た。

　夢というのはいつでもどこかおかしい。話や場面が飛ぶのは当たり前だし、自分の役割もどんどん変わり、演者になったり観客になったりと目まぐるしい。そして、どんなに話や場面が変わっても、夢の中ではおかしいとは思わない。

　こんな夢を見た。山道を一人でバイクで走っている。空はどこまでもよく晴れている。右へ左へとくねる道を、いいリズムで駆け抜けていく。いつしかそれはダムの上端のような細い道になり、ふらふらとバランスを取って走っている。やがて道は森の中の急坂となり、獣道となり、それ以上はバイクでは進めなくなる。しょうがないのでバイクを手拭いのようにたたんでポケットに入れて、枝を掻き分けつつ登り始める。いつしか人数は五人ほどになっている。おそらくよく知っているメンバーだ。温泉を探しているとわかっている。いつの間にかそれをドローンのように上空から見下ろしている。

「あったー！」

と誰かが言う。見ると、少し先に確かに湯気の出た温泉が見える。我先に駆け出し、服を脱いで首まで湯に浸かる。五人で入るとちょっと窮屈だけど、いい湯だ。しんどい思いをした後の温泉はことのほか気持ちがいい。太陽の光を浴びて体が妙に白っぽく見える。

「こちらにもっといい湯がありますよ」

ふいに前掛けをしたおばさんが顔を出して、とびきりの笑顔で言った。崖下の湯船は暗くて深い。なんだか怖い。間違いなく悪いものがいる。だから適当な断りを言って外の湯に入っておいた。

冬空に太陽がうっすら浮かんでいる。みんなひっきりなしにわいわいしゃべっている。しかし、心は晴れない。ゴロンとした大きな岩が心の中にあって、時々ゆっくりと転がる。なんだか大きな、言い知れぬ憂鬱があるのだけれど、顔は談笑している。そんな夢を見た。インフルエンザのせいかな。

鳥辺野あたり夏の黄昏

ある夏の夕方、清水五条駅で京阪を降りて、五条坂を東に歩いていた。今は国道一号線の歩道でずいぶん交通量も多いのだが、なんだかうら寂しい雰囲気がある。それもそのはず、平安の昔から加茂川以東、清水の頂にいたる一帯は鳥辺野という広大な葬送地帯であって、そのおもな方法は風葬であったという。風葬というと聞こえがいいが、ようは放置するのである。だから死体がごろごろ転がっていたわけで、轆轤《ろくろ》町という清水焼を連想する地名もかつては髑髏《どくろ》町であったのを「ちょっとイメージ悪い」との要望で変えたものだという説もある。

時あたかも黄昏（誰そ、彼？）時は逢魔《おうま》の刻、そんなことを考えながら歩いていると、東からやってくる人たちは果たしてこの世の者か、あの世の者かと思う。一歩北に曲がれば古い民家がセピアに沈み、昭和大正の風情を醸し出している。しかしその先にはこの世とあの世の境と言われた「六道の辻」があるはずで、ちょっと怖いのでそちらには向かわず、まっすぐ東に向かった。東山五条まで来て、なぜだかふと東大路から浅く北西に入る細道に入ってみたくなり、方向転換した。細い暗い道を歩いていくと、ここもなかなか風情のあるレトロな通りであって、いい選択だったなと思った。

日はすっかり沈んで夕闇が濃くなり、そろそろ東大路に復帰したいなと思った頃、前方にT字路が見え、なにやらおだやかな店の明かりが見えた。あそこで右に曲がればいいなと、ちょっとほっとしてT字路に辿り着き、ふと正面の店から左に視線を転じると、古いお寺の朱塗りの門が闇に浮かび上がっていた。朱色がぬらぬらと妙になまなましい。前に古い石碑があった。暗い中、目を凝らして見ると、「六道の辻」と読めた。さすがにぞっとした。この小さな交差点こそが六道の辻、この世とあの世の境目なのだった。いちばん来たくなかったところへ、なぜ辿り着いてしまったのか不思議でしょうがない。偶然だろうか、それとも何かに引き寄せられたのだろうか。この六道珍皇寺《ろくどうちんのうじ》、平安時代の超人小野篁《おののたかむら》がこの世とあの世を行き来したという井戸がまだ残されている。

一条通りは妖怪ストリート

一条通りは、その昔、平安京の最北端の一条大路であった。すなわち人界と魔界の境目でもあったようで、百鬼夜行や戻り橋の伝説など、魑魅魍魎の類の話が多く伝わる。烏丸今出川から御所に沿って少し下がる（南に行く）と「一条通り」の標識がありここから西に向かってぶらぶら歩きをするのが楽しい。人通りの少ない細い道の両側は昔ながらの家並みが続き、ときおり由緒ありげな屋敷や古民家カフェがあったりする。やがて堀川通りに出る。

堀川を西に渡る小さな橋が「戻り橋」である。平安時代の学者三善清行《みよしのきよつら》が、葬列の途中に駆け付けた息子浄蔵の法力で生き返ったのがこの橋の上。あの世から戻ってきたので「戻り橋」の名がついたと言われている。渡辺綱《わたなべのつな》が鬼に襲われ、鬼の手を切り落としたのもこの橋の上。また、近くに住んだ安倍晴明が、奥さんに「式神の顔が怖いから家から追い出して」と言われて、しかたなく十二の式神を隠して養っていたのはこの橋の下だと言われている。一世を風靡したスーパー陰陽師も、奥さんには頭が上がらなかったのがおもしろい。そんなことがあって、今でも嫁入りの列はこの橋を渡らないし、逆に第二次大戦では、兵隊さんは皆この橋を渡って出征したという。一二〇〇年前のことが普通に今とつながっていると感じられる京都らしい話だ。

堀川通りを渡ると間もなく千本通り。この通りが平安京のメインストリート朱雀大路だった。西陣京極という地名にその名残りがある。なおも進むとやがて妖怪で町興しをしている「妖怪ストリート」大将軍商店街となる。店先でさまざまな妖怪のオブジェが出迎えてくれる。商店街を過ぎると、右側に金星の神を祭る大将軍八神社が見える。宝物庫にたくさんの神像がある。かつて平安京は四方を大将軍に守られていて、ここは北の守りの大将軍社であった。ということは、やはりここから北は残念ながら京《みやこ》の外ということになる。日差しが午後のものから夕方のものになりかける頃、西大路通りに到着する。ゆっくり歩いて約一時間、すれ違った人の何人かは妖怪であったかもしれない。

おセミ様

「旅の人、どこから来られた」

ふいに甲高い声が響き、私はぎょっとしてふりむいた。が、誰もいない。ああ、ついにありもしない声まで聞こえるようになったか……と思ったとき、

「ここじゃ、ここじゃ。おまえのすぐ前じゃ」と再び声がした。

よく見ると、つり橋の細い手すりの上に十センチメートルぐらいの男が立って笑っていた。神話に出てくる神様のような着物を着て、立派なヒゲをたくわえていた。

「ああ、さぞや、ありがたい神様とお見受けいたしました。私は京都から参りました。このところ何をやってもうまくいかず、実は仕事を放り出して逃げてきたのですが、こんな所で神様に出会えるなんて！　ありがたい、ありがたい……」

「まてまて、わしは神様などではない。拝まれても迷惑じゃ」

「またまたぁ。そのお姿で神様じゃなければ、いったい何だって言うのです」

「わしは、セミじゃ」

「えー、そんなばかな。わかった。そうやって愚かな人間を試そうとしているのですね。よくあるパターンだ」

「そうではない。わしらは土の中で七年も過ごすので、おそろしく退屈なのじゃ。だから時々こうやって地上に出て息抜きをしてよいことになっておるのじゃ」

私は声も出ず、目をぱちくりしていた。

「羽が生えたら地上に追い出されて死ぬまでミンミン泣くだけだがな」

男はちょっと寂しそうに言った。

「そもそも、このかっこうが神の姿だと誰が決めた？　誰も会ったこともないのにうわさと外見だけで判断しよる。裸になればみんな一緒なのに。いつまでたっても人とは愚かなものじゃ……。三年後、機会があったらまた会おう」

そういうと、男はスッと姿を消した。その瞬間、私の顔にサッと冷たいものがかかった。どうやら男の正体は本当にセミらしい。静岡は大井川の上流、寸又峡《すまたきょう》という山里でのことである。

それ行け火星生活

朝起きて、窓から外を見た。相変わらず赤い大地がどこまでも広がっている。空は夕焼けよりも少し明るいピンク色。これもいつも同じだ。僕がこの星に来て一年ほどたった。毎日特にしなければならないことは何もない。食料は十分にストックされ、家の外は東京ドーム三個分のシェルターに覆われているので、特別な装備なく散歩をすることができる。寂しくなれば《わが心の星、地球生活》というVRを装着すれば、かつての地球生活を継続的に味わうことができる。しかし、はっきり言ってヒマだ。しかも同時に十人の地球人が出発したはずなのに、誰にも会わない。出発時に「長い旅になりますから」と言われて飲まされた長期睡眠薬《冬のクマさん》のせいで、目覚めたらこの部屋だったので、いまいち火星にいる実感がない。

そろそろ寂しさが限界に達してきた。もうだめだ。誰でもいいから人に会いたい。人が無理なら犬でも猫でも、いやいっそゴキブリでもいい。自分以外の生命を感じたい……と思った時、突然ガバリと強引に頭の皮をはがされるような感触があって、メガネをかけて変なTシャツを着た太った男が目の前で笑っていた。

「どうです、当社が開発したVR《それ行け火星生活》は。まるで火星に一年間生活していたみたいでしょう？　本当は一時間しかたっていないんですけどね。新シリーズも近々発売になりますから、ホームページもご覧になってくださいね。ひっひっひ……」

何がなんだかわからなかったが、そういえば北野白梅町の嵐電前でこの男に声をかけられた気がする。そして古いビルに入って、エレベーターに乗って……。

「お疲れ様でした。さ、アンケートにご記入いただいたら、お帰りはこちらでございますよ」

開けられたドアから外へ出ると、ムッとする夏の空気と喧騒の中、いつもどおりの北野白梅町の夕暮れの風景が広がっていた。

赤い線の恐怖

「霊に取り付かれるとな」職場の先輩である彼は、じーっとこっちを見つめたまま言った。「目に赤い線がすーっと横に走るんや」

ぞっとしながら、

「そ、その時は、どうすればよいのでしょうか？」と聞くと、

「それは、知らん……」なんとも無責任な情報である。

そんなことはすっかり忘れたある夏の深夜、ツーリングで信州に行った帰り道のことだった。快適に北陸自動車道をバイクで疾走していたのだが、なんだか突然体がずーんと重くなり、呼吸が苦しくなってきた。

「どうなってしまったんだ？」はあはあと荒い呼吸とともに走り続けると、通過したはずのトンネルが何度も何度も現れる。

「おかしい、このトンネルさっきも通った。絶対におかしい！」と思いつつ歯を食いしばって走り、やっと前方にサービスエリアが見えてきた。なんとかバイクを止

め、崩れるように降りてヘルメットを脱いでトイレへ。手を洗いながらふと鏡を見た。そこには、目にすーっと赤い線が走り、真っ青な顔色の自分が映っていた。「もうだめだ、終わった……」と思いつつ一時間ほど死んだようにぐったり横になっていた。

そのまま気を失ったのか寝てしまったのか、はっと気が付くと、ふっと体が軽くなった。いつもの夏の夜の気分だ。もう一度鏡を見ると、赤い線は消え、いつもの自分に戻っていた。

「助かった。これで帰れる」

そんな思いで走り出すと、これまでの不快感がウソのように消え、いつもの快適な夏の夜が待っていた。ちょうど新潟県の親不知子不知《おやしらずこしらず》のあたりのことだった。昔は日本海から強風と荒波が押し寄せる断崖絶壁の難所で、親子連れでも、親も子も自分を守ることに精いっぱいでお互いを顧みられないところからその名がついたと言われている。

土曜午後ミストサウナから

銭湯はいい。春夏秋冬、朝昼晩、いつであっても「ふぃー」という声とともに熱い湯に身を沈めるのは至福の瞬間である。日本に生まれてよかったと思う瞬間でもある。また色々な人たちを観察し、勝手にその人の人生にあれやこれや想像をめぐらすのもおもしろい。最近はスーパー銭湯なるものも多数できて、これはこれでまた違う風情があっていい。

よく行くスーパー銭湯には普通のサウナとミストサウナがある。大抵は普通のサウナと水風呂を行ったり来たりするのだが、その日はなぜかミストサウナに入って一人でぼやーんとしていた。目が悪いもんだから、ぼやけている上にミストでぼやぼやの世界となる。ガラガラと入り口が開いて若い男が一人入ってきた。観察アプリが立ち上がり、瞬時にデータをはじき出す。

「中肉中背、色白。年齢二十代後半から三十代。独身。性格は控えめ。勤務態度はまじめ。人付き合いは悪くないが、誘われたら応じる程度。体育会系部活の経験はあっても高校まで。とことん打ち込んだわけではない。一人暮らし。現在は特にこれといった趣味はなく、休日に時々スーパー銭湯に行き、コンビニでつまみを買い、帰って缶ビールを飲むのが唯一の癒し、月曜日への活力」

もちろん何の根拠もない。全くの憶測である。

彼は視線をなため前に落としたまま目の前を通過し、奥のほうへ入っていって湯気の中へ消えた。

「えらい奥まであるんだな……」一瞬そう思ったが気にも留めず引き続きぼやーんとしていた。

「さて、そろそろ出るか」と立ち上がり、いったいどこまで奥があるのだろうかと見に行くと、四歩ほどで安っぽいクリーム色の壁にぶつかり、そこで終わっていた。

壁には扉も何もなかった。

「ん？」彼はいったいどこへ消えてしまったのだろう。土曜の午後のちょっとしたみすてりぃ。

二、旅

木曽路を歩く

学生の頃、夏休みに四日かけて木曽路を歩いたことがあった。中山道にあこがれ、木曽路にあこがれ、木枯し紋次郎にあこがれて。

ＪＲの日出塩駅から中津川駅まで約八十キロメートル、木曽十一宿をたどる。二万五千分の一の地図に旧道をマークし、宿場町に民宿だけを決めて歩いた。一日約二十キロメートルをあちこち見物しながらてくてく歩くのだが、なかなか目的地に着かない。時はどんどん過ぎていく。この峠の向こうに目指す宿場町があるかと思えば、また峠が現れる。汗びっしょりになって歩く自分を、道端の名もなき花が、道祖神が、鳥のさえずりがなぐさめ、励ましてくれる。日も暮れかけて、やっと目指す宿場町に着き、民宿の明かりを目にした時の喜びは格別だ。昔の旅人もきっとそう感じたことだろうと思った。

二日目は、日がとっぷり暮れても宿に着かず、真っ暗な国道をとぼとぼ歩いていた。右も左も真っ暗で何も見えず、虫の声だけが聞こえてくる。全く車も途絶え、ごくたまに轟音をとどろかしてトラックが通り過ぎていく。そのヘッドライトの光が、瞬間、右も左も見渡す限りの墓石の群れを照らし出した時の恐怖を何に例えれば良いだろう？　再び漆黒の闇に包まれたが、そこは間違いなく広大な墓地の真っただ中であったのだ。

そして三日目の夕暮れ、汗びっしょりで妻籠宿にたどり着いた時の旅情と言ったら……もう、なんとも言えない。すっかり江戸時代の旅人《たびにん》気分だ。その夜の酒のうまかったことと言ったらなかった。四日間、本当の旅を満喫した。

数年後、そんな木曽路が忘れられなくてツーリングの帰りにバイクでその行程を走ってみた。なんと、二時間で通り過ぎてしまった。あの日見た風景とは一度も出会わないままに。現代人はスピードと引き換えに、とても大切な物を置き去りにしてきたのかもしれない。

てくてくと夏の終りの木曽路かな

醒ヶ井あたりを歩く・その1

春まだ浅い二月末のぽっかりあいた日曜日。旅気分を味わいたくて京都駅から東へ向かう列車に乗り込んだ。こんな時は新幹線じゃなくて在来線の普通列車だ。うっすらと雪をかぶった田や畑が、ゆっくりしたスピードで流れていく。南の窓には雲間から薄日が差しているのが見えるが、北の窓から見える空は、鉛のような色の厚い雲に覆われている。寒々とした景色と、暖房の効いた車内のギャップが、この季節の旅の醍醐味の一つだ。

米原で乗り換え、さてどこまで行こうかと窓を見ているとなんともきれいな風景が広がり、つい誘われるように下車した。そこは醒ヶ井《さめがい》という駅だった。中山道の宿場町でもあるその町は、真っ白な伊吹山を背景に静かにそこにあった。いかにも宿場町らしい町は、あくまで静かで美しく、通りに沿ってなんとも見事に澄んだ川が流れていた。豊かな流れと美しい水草と白い砂のバランスが絶妙だった。

しばらく歩くと、流れの中ほどに音もなくこんこんと水が湧き出しているところがある。醒ヶ井の地名の元にもなり、かつて『古事記』の英雄ヤマトタケルが伊吹山の神の怒りに触れて重体となり、その水を飲んで一瞬生気を取り戻したという湧き水である。なんと清らかな水であろうか。感動的ですらある。どうしても飲んでみたくなり、一口手にすくって口に入れた。ああ、なんておいしいのだろう。

ヤマトタケルは『古事記』の中でも大好きなキャラクターである。とんでもなく優秀、勇敢、そしてそれゆえに父である大王《おおきみ》に恐れられ、何度も死地に赴かされる。手柄をあげれば父の愛を得られると信じて戦うヤマトタケル。しかし彼の思いはついに届かず、この地に倒れ、やがて命尽きた彼の魂は白鳥となって大和へと飛んでいく。

通りかかった地元の老人が、町の人々がいかにこの流れや自然を大切にしているかを語ってくれた。この人影もまばらな美しい町は、町の人々の愛にまるごと守られているのであった。そして、遠く伊吹の雪はこれまた感動的に白かった。

水清し伊吹に春の風渡る

醒ヶ井あたりを歩く・その2

「次の宿場まで歩いてみぃはるかい」とその人は言った。
「昔で言う一里、まあ四キロぐらいですがなあ。国道歩かんでもな、モーテルのわきから旧中山道がずうっと残ってますねや」

ああ、中山道！　なんという心地よい響き。その言葉を聞くと、瞬時に頭の中に幼い頃の白黒テレビの画面が開く。『市川崑劇場　木枯し紋次郎』のタイトルバック。鬱蒼と茂る森、どこまでも続く曲がりくねった細く白い峠道、旅姿の紋次郎が一人で歩くのを空から撮ったシーンである。「一人で歩く、これが旅だ」と強烈にインプットされる元になったシーンだ。

紋次郎といえば、左の頬に刀傷、口にくわえた長い楊枝がトレードマーク。そして「あっしには関わり合いのねぇことでござんす」というお決まりのセリフと泥臭い殺陣《たて》。懐かしい。何度まねをしたことか。ラストシーンの、くわえていた楊枝をふっと吹いて的に突き刺すということは何度やってもできなかったが。

天気もよいのでお勧めに従って柏原まで歩くことにした。街道は古い松並木が残っていたり、ただ一本の梅がスポットライトのような日差しの中で満開だったりと、飽きることがない。二月とはいえ、少し汗ばむ道のりである。こんな時に口ずさむのは、もちろん『木枯し紋次郎』の主題歌『だれかが風の中で』だ。

やがて柏原に着いた。ここは日本一のもぐさの町だそうだ。江戸時代はいくつも専門店があって、大いに賑わっていたという。今は往時の賑わいはないが、広重の絵にも描かれている大きなもぐさ店がそのままある。そして店を覗き込むとギョッとする。薄暗い中に座高二メートルはあろうかという福助が座っているのだ。これが福助人形の元祖だそうだ。福助さんはとても商売熱心なこの店の番頭さんだったそうで、彼の死後もその業績を偲んで人形が作られ店に置かれた。その話を京の伏見人形屋が聞いて、作ったのが福助人形。爆発的に売れ、現在に至っているのだそうだ。

福助のまなこ鋭し柏原

ツーリング～湯屋温泉～

山に登る理由を聞かれて、

「そこに山があるからだ」と答えたという話があるが、

「どうしてくそ暑いのに、エアコンの効いた車じゃなくってバイクなの？」

と聞かれたら、やはり、

「そこに魅力的な道があるからです」

と答えることになるだろう。それほどに、バイクは、ただ走ることがいい。

今年もそんな道を求めて出発した。高速に入って、徐々に体のあらゆる部分がスピードに慣れてくると、頭の中がすうーっと透明になり、目は瞬きの回数が極端に減る。体の中を吹き抜けていく風が、いろんな俗っぽい部分を全部洗い流してくれる。何も聞こえない、何も考えない快感、自分というものがふっと消えて無くなる快感……とてもいい。

高速を降りて、誰も通らないような古い狭い峠を走る。二百キログラムを超すバイクにはちょっと辛いんだけど、一生懸命走る。その自分しか知らない一生懸命感に酔いながら。コーナーをイメージどおりにクリアできれば快感ポイントが一点アップする。ライン取りを失敗したり、途中オーバースピードで急減速しないといけなくなると、一点ダウン。まさに一人遊びの極致だ。

やがてバイクは、山間のひなびた温泉宿に着く。岐阜県は湯屋温泉。開湯以来という創業四百五十年、奥田屋というこじんまりしたいい雰囲気の旅館だ。ぬるめのお湯にひとり浸かって四肢を伸ばすと、思わず「ふぃー」というような声が出る。体中から凝りと疲労がじんわりと溶け出し、炭酸の小さな泡が柔らかく体を包んでプチプチとはじける。至福の時だ。浴衣を着て部屋に戻り、すぐ横を川が流れているることを知った。夕闇の色の濃くなった窓から、せせらぎの音とともに涼しい風が入ってくる。外はいつしか煙るように雨が降っていた。

せせらぎに静かに暮れる湯屋の里

ツーリング～乗鞍あたり～

温泉宿の朝食は素敵だ。人生頑張って来たよなーという感じの人たちが、浴衣でとりとめのない話をしながら食べている風情が好きだ。会社役員を引退した風の三人連れが「あいつを連れてきてやればよかったべ」なんて、奥さんの話をして笑いあっているさまは、本当に「いとをかし」である。

さてそろそろ行かねば、と宿を出た。雨上がりの涼しい空気の中、まずは御岳《おんたけ》を目指してひとつひとつコーナーを丁寧にトレースしていく。そのつど、新鮮な景色が目の前に現れる。濁河《にごりご》峠から野麦峠へ。ときどき雨がぱらつく。天気がよいときれいに乗鞍が見えるのだが、あいにくの曇り空でまったく見えない。それどころか山頂は雨かもしれない。

「まっいいか」と思いつつ、気持ちのいい白樺林の中をしばらく走ると四つ角に出る。左が乗鞍岳山頂への道だ。

「ようし、頑張ろう！」心を決めて出発する。道はずんずん高度を上げていく。そして風景が地球離れしてくると、いよいよ山頂が目の前に現れる。荒涼という言葉がいちばんしっくり来る風景が見渡す限り広がっている。標高二千七百メートルの畳平。空気が薄いので、アイドリングがストンと落ちてエンストする。何度来ても、いつもここは新鮮だ。小雨まじりの強い風が吹き、立ち並んだのぼりがバタバタと大きな音を立てている。かなり寒い。少し休んで乗鞍スカイライン（現在は一般車規制中）を下る。とたんに濃霧と強い雨。怖い。ただひとり、見知らぬ星を走っているような気になる。とても太刀打ちできない自然の力を感じる瞬間だ。こうなると、あとは我慢ということになる。まして十度を超える急坂、ヘヤピンの連続。ふもとについた時には体中、ブーツの中までぐっしょりだった。

それでも高山に着いた頃にはすっかり乾き、見上げるとうっすら夕方の色を含んだ青空が広がっていた。少し早目の夕食を食べて高速に乗れば、今日中には家に帰れるだろう。

夕焼けに旅の終わりの疲れ乗せ

ツーリング～岡山あたり～

岡山の山中をバイクで走っていた。どこまでもよく晴れた夏の昼下がり、対向車もほとんどなく、ツーリングのロケーションとしては、かなりいい感じである。つい鼻歌の出そうなほどに。

ところが、幾つ目かのトンネルを抜け、川沿いの広い谷の道を走りながら、なんだか不思議な、どちらかと言えば嫌な感じに襲われた。なんだろう、なんだろうと考えていて思い当たった。人が歩いていない。点々と古い家屋はある。しかし人の気配がまったくないのだ。まるで夢の中のように現実味のない乾いた世界である。

しばらく走ると、夏草の生い茂る道沿いに一つの看板があった。

「ダム建設反対！」

その横にもう一つ

「この看板は違法です。すぐに撤去しないと罰せられます」

なんという冷たい反論。体温のない論争。見上げると両側の山肌の随分高いところに、まるで定規で引いたように削り取られた横線がはるかかなたまで真っ直ぐに続いていた。その瞬間、言い知れぬ恐怖と圧迫感を感じた。ここは、このどこまでも続く広い谷は、まもなく水の底になるのだ。そしてこの風景は二度と見ることはできなくなってしまうのだ……。

その時の感じをうまく表現する言葉は見つからない。夢の不思議さや怖さを目覚めてからうまく表現できないのと同じように。

もちろんダムの建設に部外者が感傷で口を挟むことはできない。賛成側にも反対側にもそれぞれに譲れない理由や事情があるのだろう。ただ、ダムができるってことは、すごくすごく広い場所が水没するってことであるということ。この果てしなく思えるほどに広い空間が、のびやかな風景が、人の世界から完璧に削除されるということだ。それが一瞬に実感としてわかったのだった。

夏日照り草茂る道今はまだ

ツーリング～田沢温泉～

曇天をついて、東に向かってひた走る。天気予報はあまりよくない。いつまで天気がもつか、それが気がかりだ。この夏の前半はとても忙しくて、ちょっとゆっくりしたい気もあったのだが、やはり年に一度は体に思いっきり風を通さないと化石になってしまいそうになる。とはいうものの、バイクにとって高速道路の長時間走行は、すごい風圧と騒音とシールドにへばりつく無数の虫の死骸以外の何物でもない。我慢我慢の数時間を経て豊科インターチェンジで高速を降り、国道一四四号線を走る。適度なコーナーに身を任せ、ゆっくりと高度を上げていく。やっとバイクで走っているという感じになってくる。青木峠を越え、やがて山間の田沢温泉に到着する。素朴でこじんまりした温泉だ。

ますや旅館は木造三階建ての古い風情のある旅館である。かつては島崎藤村もこの宿に滞在し、詩想を練ったそうだ。黒光りした廊下や階段をぎしぎしと歩き、三階の六畳の部屋に案内される。障子を開け放つと、とても見晴らしがいい。田舎の親戚の家に来ているような感じがする部屋だ。温泉でゆっくり手足を伸ばし、部屋に戻って柱にもたれて、見るともなしに外に目をやっていた。涼しい。ウグイスの声、ぱたぱたと階下の廊下を走る小さな子の足音、少しずつせまる夕方の気配……なんともいえない懐かしさに包まれる。頭の中と外の区別がふと無くなるような不思議な心地よさ。ずっと昔、子どもの頃の夏休みはこんな風であったような気がする。昼間の明るさと夜の暗さと、その間にある何とも言えない薄明るい、あるいは薄暗い時間。昼間の終わる心細さと夜が始まる期待の交錯する不思議な時間。黄昏時。子ども時間の終わり。今の子どもたちは、一日中同じ明るさ・同じ室温に設定された中にいて、こういうことを感じないままに毎日を過ごしているのだろうな。

つい、うとうとしたのだろうか、気がつけば部屋の中はずいぶん薄暗くなって、ちょうど夕食が運ばれてくるところだった。

時溶かす夏の夕べの田沢の湯

超ハイテンション・コザの夜

その夜のコザは、たまたまゲート2フェスタという年に一度の大騒ぎの日にあたっていた。嘉手納基地の第二ゲートからまっすぐ伸びる道を通行止めにして、いくつもあるステージではバンドが次々と演奏し、その前にはピカピカのハーレーがずらっと並び、様々な食べ物を売る露店が出る。基地からは大量の兵隊やその家族が繰り出し、大声で話したり笑ったりしながらリズムに乗って歩いてくる。食べ物の匂いと彼らのつける特有の香水の匂いが混ざり合ってムワッとする中、もう老若男女、猫も杓子も入り乱れ、まさにチャンプルーな夜となる。

両側に並ぶ店もなにやら不思議でワクワクする。インド人の紳士服屋さんとか、アメリカ人のヒップホップ系服屋さんとか、あきらかに実用的でない忍者グッズ屋さんとか、クラブマニラとかバーアマゾネスに至ってはもうウヒャーである。値段はドルと円で書かれているし、本日のレートなんて張り紙まである。夜も更けて、歩いている十人に七人まで外国人。ああ、ここはアメリカなのかフィリピンか。とにかくもう超エキサイティングなのだ。

「ああ、いい夜に来た」と思いつつ、ある店の前に吊り下げてある数枚のアウトドア用のパーカーに目が行った。かなり上等っぽいのに三九〇〇円。どう見ても一桁違うんではないかと思いつつ店に持って入ると、ラテン系のじーちゃんが「ダメージアリマス。イイカ？」と言う。キズ物ってことらしい。「どのへんが？」と問うと、じーちゃんはまずチャックの具合から調べ出した。「おいおいそんな根本的なことからかよ！」と心の中で突っ込みつつ見ていると、ひっくり返したり裏向けたり色々したあげく、

「三九〇〇円ネ」と早口で言った。

「売っているじーちゃんがわからんぐらいならいいや」と思って購入。毎日のように着ているが、いまだにどこがキズなのか全然わからない。そんなアバウトでエネルギッシュな感じが実に素敵な街であった。

夜も更けてエキサイティングな街に酔う

超ローテンション・コザの昼

ちょっとすごいビジネスホテルで朝を迎えた。コザは晴天だ。昨夜のハイテンションのまま嘉手納基地のゲートに向かった。ほほう、これがアメリカ軍の基地か……と写真を撮っていると、デジカメのファインダーの中を迷彩服の黒人兵がまっすぐゆっくり歩いてきて目の前に立った。見上げるようなその男は、手でシャッターを押すそぶりをしてこちらに手を出した。

「へぇー写真撮ってくれるんや」と勝手に解釈して

「サンキュウ」とか言ってデジカメを渡し、ゲートをバックに笑顔で立つと

「ノーノー。ぺらぺーら……」と彼は言った。全然わからんので、(・o・)?という顔をすると、

「カモーン」と言ってのっしのっしとゲートの中に入っていく。

「そーか、中入れてくれるんや。ラッキー」と後について行くと、彼は受付のボックスの日本人係官にデジカメを見せて、なにやら真顔で話している。「おお、交渉

してくれとる。このにーちゃん、怖そうやけどエエ奴や」と、まだ思っていたのだが、やがて係官はこちらを向いて困った顔で言ったのだった。

「あなた写真撮られました？　あなたのような観光客が時々おられるのですが、ここは軍事施設で撮影禁止になっていまして……彼らもすごく嫌がるのです。すみませんが撮った写真を削除してください」

「つまり彼は違法な行為をした日本人からカメラを取り上げ、係官の所へ連行したというわけか」と初めてわかり冷や汗が出た。

そう、彼らは戦争をしているのである。我々にはまるで無縁の戦争。そのさなかに彼らはいるのだ。基地は平和な日本ではなく、大真面目に戦争をしているアメリカなのであった。そんな彼らの特別な夜が昨日のお祭り騒ぎだったのだ。観光名所のような感覚で行った自分に、基地は大きなカルチャーショックを与えてくれた。

飛び立って行くは戦場まじヤバイ

『雪国』への憧れ

「国境の長いトンネルを抜けると雪国であった」という出だしは多くの人に知られているが、読んだ人はどれぐらいいるのだろう。川端康成の『雪国』である。かくいう自分も、あまりにベタなのと、彼の顔写真があまりに枯れていて、どうせしんきくさい話だろうと読むこともなかったのだけれど、先日ふとした気の迷いで買って読んだら、それはそれは、はまった。男のロマン（あくまで男の側からの。今なら男の身勝手の最たるものと言われかねない。東京に平和な家庭を持ちながら、疲れて湯沢に来ると、いつでも自分だけを待ってくれている女性がいるという設定）と透明な情景描写の素晴らしさ。すっごい。三味線の音の描写さえ、どんな上等のスピーカーで聞くよりクリアに深く脳内に響くのだ。そしてあの驚くべきラスト。思わず「えー！」と叫んでしまった。これは越後湯沢に行かねばならない、しかも冬のうちに、と思い立って、二月も末の土曜にのぞみに乗って旅に出た。

上越新幹線の車窓の風景はなんてことない冬枯れた山野続きで、「現実はそんなもんか」と思って気を抜いていたら、越後湯沢直前で長いトンネルに入り、トンネルを抜けるとそこは、手品のように本当にとんでもない雪国だった。思わず「あ、ほんまや！」と突っ込んでしまった。

二メートルを超える積雪と本気で降る雪と道のスプリンクラーのせいで、スニーカーの足はすぐにグショグショになった。旅館でゆったり湯に浸かったあと、長靴を借りて街に出た。居酒屋はどこも予約客で満員だった。やっと見つけた店で飲んだ八海山がなんともうまかった。とろりとしながら澄み切り、すーっとのどに入って、何とも言えないいい香りがすっと鼻に抜ける。こんな八海山、これまで飲んだことがない。炉端に無造作に刺された岩魚も塩味が絶妙だった。『雪国』に描かれた雰囲気とはちょっと違うが、いい所だ。この感動を誰とも共感できないのが一人旅のちょっと残念なところではあるが、湯沢の夜はいい湯いい酒いい気分だった。

雪国の岩魚かじりて一人酒

京都春秋バイク道

バイクはいい。特に全身で自然の息吹を感じながら走るのは、なんとも言えずいい。京都では春の桜吹雪の中の宇治川ラインと、秋の紅葉直前の周山《しゅうざん》街道がとても素敵だ。

宇治川ラインは平等院から天ケ瀬ダムを経て大津・南郷に至るコースで、宇治川に沿って緊張感のあるコーナーを数多く含むダイナミックかつスリリングなコースである。春の青空の下でどこまでも続く桜の中を走ると、やがて花びらがすべて自分に向って降り注いでくるようになる。ぐるぐる回りながら降り注ぐ花びらのトンネルに吸い込まれるように走り、コーナーを抜ける快感は、考えることを忘れさせてくれる。

周山街道は、京都市街の西北、福王子から深い森の中を若狭の海に向かってひた走る緑のコース。紅葉間近のひんやりと張り詰めた限りなく透明な空気を、よく切れるナイフで切るように走ると、なんだかきれいな谷川の流れの中を魚になって泳いでいるような瑞々しい気分になってくる。その清々しさは瞬きすら忘れさせてくれる。どちらも本当に素晴らしい。

ただ、宇治川ラインのガードレールには、かなりの数の花束が括り付けられていることを知っておかねばならない。その一つの理由は……出るのだ。二体の良くないものが。まずは五十センチババア。名のとおり身長五十センチぐらいの婆さんが、走っているライダーの肩の上に現れ、顔を覗きこんでイヒヒと笑うのだそうな。驚いた拍子にバイクとライダーはガードレールを突き破って宇治川に沈み、また一つ花束が増える。こわ。そして首なしライダー。バックミラーに点と見えたバイクがぐんぐん大きくなり、轟音とともに抜き去っていく。そのライダーには首がない。超シンプル。昔、伏見・山科あたりのやんちゃな中学生はこの話をよく知っていたものだ。そして、仲間の誰々が見た（らしい）という武勇伝が必ずついていた。

ライダーの夢か現《うつつ》か桜花

昔遊び～大和から有馬へ～

二月のある日曜日、奈良の平城京跡を一人ぶらぶらして天平人の気分を味わっていた。そんな季節に誰もこんなところへ来ないので、貸し切り状態である。朱雀門やら大極殿などが復元されていて、タイムトラベルを味わうにはいい場所だ。やがて突然三笠の山もかすむ吹雪になって、あまりにも寒いので阪奈道路から大阪を通り過ぎて有馬温泉に浸かりに行った。

有馬温泉は万葉の昔からの大王《おおきみ》、豪族たちの行楽地である。今は立派なホテルが立ち並んでいるが、金の湯・銀の湯という外湯のある中心部分は昔ながらの風情のある温泉街となっている。

鉄分で茶色く濁った金の湯には、シンプルに熱湯《あつゆ》とぬる湯が並んでいる。熱湯に耐えられなくなってぬる湯に逃れて足をぶらぶらさせていると、そろそろ八十歳にも届こうかとおぼしき爺さんが語りかけてきた。

「ここがね、改装される前はそらあもう、熱かった。ちょっと浸かるともう全身真っ赤でしたわ。今はほら、みんな白いままやけどね」

強面のおっちゃんの体を平気で指差して言うのではらはらした。

「それでも常連は平気な顔で浸かっとったなあ。まあ、我慢しとったんやねえ。でね、新しなった時にその人らが来て、『ぬるいぬるい、こんなとこ入っとったら風邪引くわい！』言うて怒って帰って、それから来んようになりましたわ」

なかなか粋な話である。

「昔はな、ようのぼせる人がいてなあ、ぬる湯のほうがのぼせますねん。油断して長いこと入ってまうから。で、沈みますねん。そしたらほら、濁ってまっしゃろ。誰もわからへんのですわ。なんや足に当たりよるなあ思たらね、沈んだはりますねん。よお引っ張り上げたもんや……」

ちょっと寒くなった。

金の湯やぽこりぽこりとあったまる

三、春夏秋冬

春夏秋冬

昔の日本人の季節感というのは、実に鋭い。春夏秋冬、今の感覚で言えば、暖かいのが春、暑いのが夏、涼しいのが秋、寒いのが冬と思ってしまうが、そんな単純なものではない。旧暦の一～三月（今の二～四月）といえば、決してずーっと暖かい時季とは言えない。二月なんて一年で最も寒い月だ。それをなぜ春というのか、二月と四月がなぜ同じ季節なのだろうか。

それは、昔の日本人が「固定的な気候の特徴」ではなく、「変わりゆく気候の変化」を季節と捉えたからだと思う。つまり、雪に閉ざされた厳しい寒さが少しずつ緩み、やがて暖かい日差しとともに蕾が膨らみ花開く感じ、その喜びを『春』と捉えたのである。同じように、穏やかな暖かさの中からあらゆる生命がぐんぐん育ち、強い日差しとともにその生を力強く謳歌する感じを『夏』、それがいつのまにかすうっと冷め、肌寒く心細くなる感じを『秋』、涼しさがいつしか本気の寒さに変わっていき、人も他の生物も無駄な抵抗をやめて、じっと静かに過ごす感じを『冬』と捉えたのだ。そして、その兆しをいかに早く感知するかがセンスとなった。
「山ふかみ春とも知らぬ松の戸にたえだえかかる雪の玉水」（新古今和歌集）
「秋来ぬと目にはさやかに見えねども風の音にぞ驚かれぬる」（古今和歌集）
等は、そういうセンスの際立ったものと言えるだろう。
バイク通勤をしていた頃には、三月初めのちょっと暖かい夜に沈丁花の香りが風に乗ってついと通り過ぎていく瞬間があって、「ああ春が来た！」と感じたものだ。「厚着してアクセル開き帰る時沈丁花の香《か》風と過ぎゆく」みたいな感じかな。冬のバイクは本当に辛いので、春の発見は毎年うれしかったし、花の香りで季節を感じる自分を「なかなか平安貴族みたいで、いけてるやん」と思ったものだった。
季節の名称も、『春』はすべてが膨らんでいく『張る』に、『秋』はすべてが空ろになる『空き』に、『冬』は生きるために栄養を貯め込む『富ゆ』に通じるのではないかと思う。『夏』はなんだろうなあ……うーん、わからない。

においの記憶

においっていうのは、その時の感じをすごくリアルに思い起こさせてくれる。今年はずいぶんと春が早くって、すっかり春の香りに包まれてしまった感があるが、いつも春の訪れを教えてくれるのは沈丁花の香りだ。冬の寒さがようやく緩みかけた夜、ヘルメットのシールドのすきまからふっと入ってくる沈丁花の香りは、毎年忘れることなく春の訪れを教えてくれるとてもうれしい香りだ。

夏は夕立の降り始めの、あのにおい。子どもの頃、野球をしていても虫捕りに夢中になっていても、一目散に家に走りながら嗅いだそのにおいは、夏休みの帰宅の合図でもあった。そしてみるみる真っ暗になる空、降り出すぎりぎりまで鳴いているセミの声、稲光からの雷鳴、土砂降りの雨の迫力は、まさに夏そのものだった。

秋は、お月見のすすきと和ろうそくのにおい。お月見の日はけっこう曇ることが多くて、雲間からスカッと大きな満月が見えた瞬間の興奮はまさに「いとをかし」の感があった。平安時代のにおいだ。祖父が有職故実の研究家だったので、うちの家は昔ながらの宮中の年中行事を大事にする家だった。たぶんよそではやらないだろう様々な行事がうちにはあった。昭和も遠くなったが、うちの家の中には、ところどころに平安時代があった。

冬は、なんといっても石油ストーブのにおいだ。北風の中を走り回って遊び、あるいはメモを握りしめてたくさんの買い物をして、家に帰って部屋の戸をがらっと開けた時の石油ストーブのにおいと暖かさ。たくさんの「おかえり」に迎えられる安堵感と任務遂行の誇らしさ。平和だった日本の、本当に平和な冬のにおいだ。

季節を伴わなくても、さまざまな場面の記憶に直結する懐かしいにおいというものは数々ある。夏休みに三重の親戚の家に行く時のディーゼル列車のにおい、正月のお雑煮のにおい、ごく稀に連れて行ってもらえた高島屋のにおい、大晦日の八坂神社のおけら火のにおい、建築現場の材木を切るにおい、虫を捕りに行った時のクヌギの甘酸っぱい樹液のにおい、小学校の石炭ストーブのにおい……どれもこれも、クリック一つでVRよりもリアルに飛べる記憶だ。

桜の下のエトセトラ

うららかな春の日差しに誘われて、文庫本とペットボトルのお茶を持って近所の桜の下に出かけていった。桜は五本ほどしかないのだが、疎水端の歩道に見事な桜のトンネルを作っている。三つほど置かれたベンチの一つには近所のおばあさんが三人座って、のんびりと取り留めのない話をしている。きっとそれぞれにいろんな歴史を生き抜いてこられたのだろう。おそらくは昭和前半の生まれ。それぞれの戦前、戦中、戦後の決して平坦ではないストーリーがあって、それが今、一つのストーリーに合体している不思議さよ、と勝手に感じ入った。

しばらくすると中学校の入学式を翌日に控えた男の子が、真新しい制服を着て家族とともにやってきた。なごやかに話しながら記念撮影をしている。その家族の、出かける前の会話やらその夜の会話やらを想像すると、とてもほほえましいものを感じて、ああ家族っていいなあと思った。男の子の胸を満たすのは希望と期待だろうか、不安と緊張だろうか。どちらもあるだろうが、できれば前者が多くあってほしい。明日からの中学校生活に幸あれ、と勝手に祈った。

やがて決して若くはないカップルがレジャーシートと缶ビールを持ってやってきて、ピンクの花びらを浮かべて午後の日差しにキラキラ光る川面を眺めながら静かに飲み始めた。多くは語らなくても十分にわかりあえているという二人の落ち着いた表情がそこまでのいろんなドラマを連想させて楽しい。

「ねえ、桜が満開よ。今日は外で飲もうか」

「やっと片付けが終わったわね。今日から始まる二人の生活に乾杯しましょうよ」

「ごめんなさい。私がどうかしてたわ」

「お誕生日おめでとう。はい、プレゼント」

「引っ越してきた日も桜が咲いていたわね。最後も桜の下なんて、しゃれてるわ」

できれば最後のパターンでないことを、と勝手に思った。

それにしても桜はどうしてこんなに人々をひきつけるのだろう。不思議だなあと思いつつ、いったい自分は何をしているのだろうと思った日曜日の午後だった。

春についての一考察

春という季節は何かしらの期待を感じさせる季節である。長い冬が終わり、柔らかい日射しを浴びて自然の中に豊かな色彩がよみがえる。花が咲き、鳥がさえずり、蝶がたわむれ飛ぶ。そんな様を見ていると本当に意味もなくそわそわ、わくわくしてくる。それはまさに大地から伝わってくる目に見えないエネルギーのせいだろう。『春に』（谷川俊太郎）のあれ（「この気持ちは何だろう」の「この気持ち」）である。

あれのことを優秀な国語教師は「新たな出発への大きな意気込みと少しの不安」とかなんとかもっともらしく解説されるが、そんな人間的なもんじゃない。詩の中でも解決せず、わからずに終わるのは、意識のレベルの問題じゃなく、生物として春という季節に発動するようにプログラミングされたもの（＝本能）だからだ。

じゃあ何のための？　それは無論最終的には繁殖を目指すものだと思う。だからそわそわ、わくわく、もっと言えばいらいら、むらむらするのである。自分でもなぜかわからないのに。わからないから混乱して制御不能になって、人によってはよろしくないことに及んでしまうこともあるのだ。

そんな春だから、きっと自分にも何かいいことがあるんじゃないか、いや、あるに違いないと思う。それゆえにその期待が外れたショックは他の季節より大きい。季節はカラフルでパワフルな夏へと移っていく中で、「ああ、なんでや！」と思うのである。「今春《こんしゅん》看《みすみす》又過《またすぐ》……」と嘆いた千二百年ほど前の中国の詩人杜甫のように。

さて、気がつけば五月も下旬。初夏である。鶯がずいぶん上手に鳴くようになったことに気づいた。衣笠山の鶯はフォルテシモで鳴く。西川のりおのギャグぐらいに。実は鶯の鳴き声には二種類あって、どちらもオスなのだが、「ホーホケキョ」というのは「ここは私の縄張りです。現在安全が保たれています」という意味で、「ケキョケキョケキョ」は「危険、危険、敵が侵入しました」という意味なのだそうだ。メスの鶯はそれを聞いて、巣で待っているヒナに餌を運ぶかやめるかを判断するのだという。鶯も生きるために頑張っているわけだ。

蚊学的考察をしてみた

蚊の季節だ。考えてみれば蚊はかわいそうな存在だ。見つけられるや否や無条件に殺される。いや、正確には殺そうとされる。なぜ殺そうとされるのか。かゆいからだ。そんなこと、言うまでもないことだけど。

あのかゆさは、メスの蚊が血を吸う時に血が凝固しないように注射する成分によるものらしい。オスは吸わない。そこまでわかっているのなら、この進んだ科学でなんとかできないのだろうか。たとえば品種改良を重ねて、かゆみを伴わない成分を持つ蚊ばかりにするとか。別にかゆくなければ、血ぐらいいくらでも吸わしてあげるのに。まあ、失血死するほど吸われることはないのだから。

ということで、蚊についてインターネットで色々調べてみた。

まず存在感のないオスの生態。オスは花の蜜や樹液を吸い、血は吸わない。たくさん集まって、いわゆる蚊柱を作り、その羽音に惹かれてやってきたメスと交尾をする。それだけ。

続いてメスの生態。メスも普段はオス同様花の蜜や樹液を吸う。ではなぜ吸血するのか。それは吸血しないと卵巣が成熟しないからだそうだ。だから交尾後のメスは危険を冒して人間に取りついて吸血する。そして必要量を吸うと数日間じっとして卵巣の成熟を待って産卵するのだそうだ。なかなかのアドベンチャーである。『白鯨』のエイハブ船長みたいだ。また吸血活動をする温度は摂氏一六度以上、二酸化炭素とあるにおい（いわゆる足のにおい）を好むらしい。だから、夏に汗をぶるぶるかいてハアハアと荒い呼吸をしている足の臭い人が刺されやすいということになる。人の好みと蚊の好みはずいぶん違うということだ。O型の人が刺されやすいという説もあるが、まだ立証はされていない。

調べてみると知らないことがいっぱいあって驚いた。昔、ふらふら飛んでいるオスの蚊を何も考えずに殺し、オスは殺す必要なかったのにと本気で罪の意識を感じたことがあった。時々本当にそういう神のような清らかな気持ちになる自分にびっくりする。

夏はセミ

子どもの頃、夏はセミとともに始まり、セミとともに終わった。六月、子どもはみんな長い長い梅雨が嫌いで、早く夏になってほしくて居ても立ってもいられなくなる。そんな時、何かのはずみでニイニイゼミの声を聞くと「ああ、夏だ。夏が近い！」と直感的に感じるのだ。そして梅雨が終わる喜び、夏休みが来る喜びに小さな胸ははちきれそうになった。

夏休み、涼しい朝はクマゼミの声とともに始まった。エアコンなんて一般家庭になかったあの頃は、庭に面した縁側に小さなちゃぶ台を出して『夏の友』（夏休みの宿題）をしたものだった。昼を過ぎてぐんぐん気温が上がるとそれはアブラゼミの声に変わる。その鳴き声はまさに「あぢぃーーー」と聞こえたものだ。近くの神社や公園で遊ぶ時、ＢＧＭはいつも「あぢぃーーー」だった。山深い親戚の家では、普段聞くことのないミンミンゼミの声とともに野山を駆け回り、ヒグラシの声にせかされるように家路についた。

やがて八月も後半になると、そこここにセミの亡骸が見られるようになる。中には多くのアリに神輿のように運ばれているものもあった。セミが七年も土中で過ごすことを理科で習ったことも思い出して、子どもながら命のはかなさを感じたりするのだった。そして、ツクツクボウシが鳴きだすと、それは夏が終わる合図であって、もうゆっくりはしてられない。残った宿題を片付けないと大変だ。昔の人はツクツクボウシの声を、逝く夏を惜しむ「つくづく、惜しい」と聞いた。日本人の、誇るべきセンスだと思う。

二学期、日常の生活が始まってふと気がつくと、いつの間にかセミの声は消えてしまい、コオロギや鈴虫の静かな声に変っている。木の幹や軒下にセミの抜け殻を見つけると、過ぎ去った夏を思い、諸行無常（当時はそんな言葉は知らなかったけれど）を感じた。強い日差しと超高温を避けてエアコンの中で過ごす今の子どもたちの夏の思い出の中に、セミはランクインするのだろうか。

夏の記憶の断片

大人になっても、七月の声を聞くとテンションが高くなる。やっぱり夏が好きだ。校門近くに飾られた大きな笹の枝に、たくさんの短冊が風になびいている。七夕の短冊に書かれた願い事っていうのは、切羽詰まったものよりも、恋愛や部活の夏季大会についてのほのぼのしたものが多かった。

ところで、七夕はなぜか曇りの夜が多い。一年に一回の天上のデートを下界から隠すためだというロマンチックな説もあるが、果たしてどうなのだろうか。

「七夕みたいに一年に一回のデートってどーよ」

「えー私は絶対に無理無理、耐えられないですぅ……」

というような埒《らち》もない会話の後でふと考えた。人間にとっての一年に一回は確かに寂しいけれど、オホシサマやからなあ、と。織り姫と彦星の寿命がもしも千年だったら、一年に一回のデートは百歳まで生きる人間が月に一回会うのと同じ感覚のはず。寿命が一万年だったら三～四日に一回デートするのと同じ。星の寿命ってもっと長いから、なーんだ毎日何回も会ってるってことやん、と思って調べると、星の寿命ってどうも百億年ぐらいらしい。てことは、なんと一秒に三回！　あ、ずーっと一緒にいるってことね。今年も曇りの七夕の夜に発見した真実。

最近の夏は異常に暑いのだが、盆を過ぎた頃から、うそのように夜が涼しくなって、涼しいのはうれしいのだが妙に寂しい気分になる。気がつけば秋の虫まで鳴き出す始末。夏が静かに、確実に終わっていく。秋が嫌いなわけじゃないから、すっかり秋になってしまえば、それはそれでいいのだけれど、夏の終わりは本当に辛くて、なにか無駄な抵抗をしたくなる。そういえば今年はツクツクボウシの声を聞いていない気がするが、ずんずん一日の終わるのが早くなり、それこそ叫び出したいような追い詰められた気持ちになり、地蔵盆に止めを刺される。ああ、もうだめだ。夏は戻ってこない。その上、こんな見事な秋の空まで見せられた日には、もう笑っているしかない。

八瀬についてのアラカルト

修学院中学校の近辺には、とても落ち着いた「日本の古里」ともいうべきところがたくさんある。小学校区ごとに、様々な趣があって素敵なのだけれど、なかでも八瀬はいい。緑の山、清らかな流れ、広がる水田、旧家のゆったりとした白壁、鎮守の森。春は桜が咲き誇り、秋は紅葉に彩られる。夏は涼しく、冬は真っ白な雪に覆われる。おまけに「かまぶろ」温泉まである。都会の喧騒から車でたった五分、一つトンネルを抜けるとこんな桃源郷があるなんて、といつも思う。

また、八瀬は壬申《じんしん》の乱の頃から朝廷とのつながりが深く、そういうつながりの深さが江戸時代にも公《おおやけ》に認められていたことがわかる赦免地踊りが今に伝わっている。

剣道部のI君はその踊りの中心的な担い手の一人だった。とっても楽しい少年で、造語力が豊かで、自分たちの学年の男子部員三人を「おっさんとでぶと俺」と称したのが秀逸だった。後の二人もそのネーミングが気に入っていたようだった。

剣道部と言えば、がんちゃんを思い出す。彼はすごくまじめで一生懸命な少年だった。いつも国道の近くで素振りをしていて、車で通った同僚の先生から「がんちゃん今日も素振り頑張ってたよ」とよく聞いたものだった。三年間ですごく成長した。継続は力だとつくづく思った。

ある夏休み前の昼休み、教室で

「八瀬やったら夏休みでも蛍おるかなあ。見たいなあ」

と誰にともなく言うと、八瀬に住むさっちゃんが、

「蛍なあ、うちの家の近くやったら夏休みでもいっぱいいるで」

と言うので、その教えてもらった場所に七月の終わりに二回行ってみた。周りには建物の明かりや街灯はなく、川の流れる清らかな音だけが聞こえるいい場所だった。なるほど、ここならいそうだと思ってわくわくしていたが、残念ながら二回とも蛍には会えなかった。ただ、川沿いの同じ場所で、小柄な同じおばあさんとすれ違った。真っ暗なはずなのだが、おばあさんの静かで寂しげな表情は、はっきりと見えた。ちょっと不思議な夏の夜だった。

台風の記憶

京都という土地柄か、台風で大被害を受けたということが記憶になかったから、子どもの頃の台風接近のニュースは興奮でしかなかった。千年前の清少納言と同じ感覚だ。学校が休みになるかもしれないという期待もあって、来るか来るかと思いつつテレビのニュース（雨風の中でびしょ濡れになってやってくれるやつ）を見て、

「近づいてるで！　直撃かもしれんで！」

と家族に告げる得意さ。あたかも戦艦の見張り台で敵艦を監視する人のような使命感に酔っていたと思う。大人たちも（けっこうな大家族だったので）それぞれいつもよりテキパキと台風に備えて動いている感じが非日常でドラマチックだった。ワンチーム感をひしひしと感じていたのだと思う。

やがて暴風圏に入り、時折ビューーとかゴォーとか風の音が聞こえると、興奮は最高潮に達する。しかし、だいたいはこの辺がピークで徐々に台風はそれていき、学校が休みになることはまずなかった。次の日は何事もなかったかのように晴れてい

て、学校で自分の家の台風がどれだけすごかったかを口角泡を飛ばして言い募るぐらいが関の山だった。それぞれにかなり話を盛りながら。今思えば、みんな同じ地域に住んでいるから同じぐらいなのに。

そんなある年の秋の夕方、庭に面して大きく開け放した部屋の縁側から、次々とカマキリが入ってきたことがある。その数は優に五百匹を超えていたと思うのだけれど、彼らはそれぞれに壁や天井などに場所を決めると、物も言わずに（あたりまえだが）じーっと静止した。その数に圧倒されたのか、堂々たる態度に圧倒されたのか、誰もそれをどうすることもできなかった。そしてその夜、台風の直撃で庭の木々は散々なことになった。翌朝起きたとき、台風一過のその部屋にはすでに一匹のカマキリもいなかった。自然の予知能力っていうのか、実に不思議な出来事だった。

昔に比べると、ここ数年の台風の打率は非常に高い。空き家になっていた北白川の祖父母の家も、鉄砲水で無数の倒木と大量の泥土をぶち込まれ、無残に全壊した。

学生の街～百万遍あたり～

東大路の近衛から東一条にかけての銀杏並木が、とっても美しい。言葉を失うほどに。十一月下旬の一週間ほど限定で。晴れた朝には青空をバックに金色に輝き、曇った朝には幻想的に浮かび上がり、夕方には濃いブルーの空をバックに燃え上がるようにオレンジに輝く。最近は京都本ブームで、よくこのあたりが描かれているが、まだ描かれていないスポットの一つである。東には京大のキャンパスと吉田神社の鳥居が見え、そのまま北に進めば百万遍、そしてビートルズ専門のパブ「リンゴ」がある。西に折れて進むと出町柳のデルタにぶつかり、南に戻るとジャズ喫茶「YAMATOYA」がいずれも徒歩圏内にある。京都本の代表選手である万城目さんや森見さんの作品の読者なら、「ほほう、ふむふむ」と満足な笑みを浮かべられることと思う。今の若者にも昔の若者にも十分に京都の学生街の風情を味わってもらえるエリアである。

森見さんや万城目さんが京大出身なので、その描かれるエリアは百万遍を中心とする京大生の街、すなわちこの辺が多いのだが、最近そこにとても不毛な争いが起こっている。百万遍交差点の東南角の京大のフェンスに、学生たちが作った「立て看」が昔からずらりと並んでいて、それがこの辺りの景観を損ねているので撤去せよと行政から指導が入り、大学当局もそれに従い、学生に撤去を求め、あるいは強制撤去したというものである。今、百万遍交差点は、何の変哲もない普通の交差点になっている。これで以前よりいい景観となったと言えるのだろうか。

そもそも景観とは何かということである。単にクリーンということじゃなくて、景観とは「らしい姿」ということだと思う。そこを訪れた人が「そこらしさ」を実感できる風景が、守るべき景観だと思う。そう考えたとき、京大生の街の中心たる百万遍交差点には、京大生たちのエネルギーや知性や独創性やユーモアのこもった、いわば学生文化の象徴たる立て看がずらり並んでいてこそ、百万遍らしい景観と言えるのではないだろうか。そういう学生たちのエネルギーを、余裕をもって見守り、育ててきたのが京都人の誇るべき文化だったと思うのだが、違ったのかな。

四、思ひ出

京都の秋～時代祭～

　もうすぐ時代祭だ。学生の頃、時代祭のバイトは人気があって、ずいぶん朝早くから並ばないと当たらなかった。当日は朝早くからある小学校に集合して、くじで衣装を決めて着替え、貸し切りバスで御所へ向かう。何の前触れもなく鎧武者を満載したバスに並ばれるというのは、他のドライバーにはかなりの驚きであったようだ。

　さて、その年引いたくじには「ほら貝」と書いてあった。

「ほら貝をね、持って歩いてくれるだけでいいから」

世話役の言葉に安心して午前中は御所で待機していると、近くの小学校の子どもたちが「生きた」歴史の授業って感じでやってくる。先生曰く、

「はーい、みなさーん、ここにいるのが昔の人たちですよー！」

違うって！　と思いつつ、ひとしきり好奇の目にさらされる。サインを求める奴には「徳川家康」とか適当に書いてやる。それでけっこう興奮してくれる。

いよいよ出発の時間。御所の建礼門前から始まる広いメインストリート、紅白幕を張り巡らした有料観客席の両側に固唾を呑んで見守る満員の観光客、やぐらの上に各局のテレビカメラ。これ以上ない晴れがましい瞬間。その時、もう一人のほら貝の男が貝を口にあてた。「えっ」と思う間もなく「ブォオオオー」とやった。「え、練習してやがったのか」と血の気がひく。「ワアー!」というものすごい歓声とどよめき。太鼓が「ドンドーン」とやった。なぜか「ワアー!」の歓声。そして、全ての人の視線が自分に集中する。この一瞬の長いこと。しようがない、貝を口にあてる。「スウウウウー」そして、「ドオオオー!」という地鳴りのような大爆笑。その瞬間、頭の中で何かが弾けた。その後、「ブオオオー、ドンドーン、スウウー、ドオオー!(爆笑)」という世にも不思議なリズムが都大路を三時間に渡って練り歩いたのだった。その日の観客動員数過去最高十四万人。十四万人に笑われる経験って、ちょっとできない。次の年のある日の京都新聞に、山伏がほら貝を吹いている写真が載っていて、「今年から時代祭のほら貝担当に本当の山伏を雇うことになりました」と書いてあった。

ビートルズの思い出

ジョン・レノンが撃たれたというニュースを聞いたのは大学の近くの定食屋で、午後六時のFMラジオのニュースだった。一人でがつがつと夕食（たぶんチキンカツ）を頬張っている耳を、そのニュースはあまりにもさりげなく通り過ぎていった。二、三秒してから、「ええっ！」とスピーカーのほうを振り向いたのを覚えている。ビートルズを知ったのはもう解散してからだったのだけれど、彼らから受けた刺激や感動はとても大きかったから、えらくショックを受けた。

ビートルズとの出会いは中学生の時だった。お昼の放送で「ラブリー・リタ」を聞いて、大きな衝撃を受けた。場所も覚えている。体育館のややうしろのほうだ。どういう衝撃だったかよく覚えてないが、ただただ「すごい！」と思った。自分を取り巻く宇宙が三十パーセントほど広がった気がした。それから聴きまくった。ビートルズの長い音楽活動の最後に位置する「レット・イット・ビー」の深さに感動した。アップル社屋上のライブ映像に、身内が震えるほど興奮した。いつかあんなライブがやりたい、いやできるんじゃないかと根拠なく思った。ちなみに今も楽器は一切できない。ロンドンに、リバプールに一度行ってみたいと思った。日本で唯一ビートルズの前座を務めたザ・ドリフターズを本当は凄いバンドだったんだと見直した。

ビートルズを聴き出したのが、音楽を選んで聴く、聴きたくて聴くようになった初めじゃないかなと思う。それまでは、ただ流行っている曲が聞こえているうちになじみになったという程度のものだった。

一年後のその日、百万遍にあるリンゴというビートルズの曲だけがかかる喫茶店(今はパブになっている)に行ってみた。たぶん自分なりの追悼の気持ちだったのだ。階段を降り、細長い店内を進んでいくと、一番奥の席、ジョン・レノンの写真のすぐ下に、高校の時のビートルズ好きの友人が一人で座っていた。同じ気持ちだったらしい。その出会いは、ちょっとだけかっこよかった。それからずいぶん時は流れ、ジョージ・ハリスンも死んでしまった。寂しいことである。

子どもの頃

「葛の花 踏みしだかれて 色あたらし この山道を 行きし人あり」

釈迢空の短歌だ。一人深い山を旅していて、思いがけず人の足跡を見つけた軽い驚きを詠んだ歌だ。まだまだ小さな子どもの頃、二人の伯父がこの歌を肴に酒を飲んでいたのを覚えている。曰く、

「こんな深い山、自分ぐらいしか行かないやろと思てたのに、誰か先に来たやつがおるとわかって、がっかりしよったと思うなあ」

「いやいや、心細くなって、この道行けるんやろかと思てた時に足跡を見つけて、ああ、これで合ってるとホッとしたはずや」

その時は暗い山道が目に浮かんで薄気味悪かっただけだったが、ふと思い出してどっちかなと考えることがある。同時にこの二人の伯父の生き方そのものを表している言葉だったなと思う。

第三の意見として、

「こんな道を行くのは自分ぐらいだと思っていたのに、他にもいた。同じ感性をもったやつが他にもいるものだなあ」

という未だ知らぬ人への親近感、同志の存在を知った喜びというのもあるのではないだろうか。今の自分にはそれが最もしっくり来る。

かつてうちの家は行事ごとに親戚がたくさん集まる家であった。多くの大人たちの中で、多くの子どもたちは絶対的に守られていて、安心して遊んでいればよかった。今考えると、なんという平和で穏やかな時代だったことかと思う。魯迅の『故郷』の中に、「わたしは坊ちゃんでいられた」という文があるが、それだなと思う。裕福か否かということではなくて、絶対に安全が保障された群れの中で安心して過ごせたという意味で。

あれから数十年がたって、二人の伯父をはじめ、大人たちの多くはどこかへ行ってしまった。今はもうどこにもそんな群れはない。

祭りのあとさき

五月五日は藤森神社のお祭りである。五月一日から境内には露店が出る。子どもの頃、お祭りは一年でも最大級のイベントだった。四月も下旬となり、生暖かい夜ともなると、なんだかもう夜店が出ているような気がして確かめに行かずにはいられなかった。それは子どもの季節である夏のオープニング・イベントでもあった。

そして待ちに待った五月、それまでは闇に支配されていた神社の森が、きらめく裸電球の光と、食べ物と埃《ほこり》の混ざった独特の匂いに満たされた夢の世界に変わる。濁声《だみごえ》の客引きの声が響く見世物小屋はいつも怪しかった。家には親戚が集まり、誰かが行くと聞けば必ずついて行って金魚すくいだのペコチャン釣りだのをさせてもらう。一日に何度行ったかわからない。家に帰ればいとこたちと花火をする。三日と五日には、町ごとに揃いの法被《はっぴ》を着て子供神輿を担ぐ。ちまきや柏餅、鯖寿司を食べる。もう五日間は無我夢中の間に過ぎていく。

そして五日。神社では駆け馬神事が行われ、氏子地域を武者行列や神輿が巡行する。ほら貝の音や先導車のスピーカーから流れる越天楽の音が聞こえてくると、子どもたちは一目散に門から飛び出し、遠くにその行列の先頭を見つけると、

「来たで！　早う、早う」

と大声で家内の大人たちに知らせる。その晴れがましい感じ。

やがて、五日の夜が来る。親戚はみんな帰ってしまい、最後にもう一度とねだって連れていってもらった神社の境内は人もまばらで、そこここの店がテキパキと片付け始めている。ああ、あんなに待ちこがれたお祭りが終わる……そのなんとも言えない寂しさ。

六日、学校が終わると、もしかしてまだ続いているのではと思って神社に行く。しかしそこにはいつもどおりの森が何事もなかったかのようにあるだけだ。あちこちに固められたごみだけが、確かにお祭りがあったことを語っている。わかっていながらがっかりして家に帰ることになるのだが、その頃から空も木々の緑も風もぐんぐん夏色を増し、やがて少年の心は夏休みへの期待でいっぱいになるのだった。

恩師

五月も下旬に差しかかった頃、中学時代の友人から突然メールが来た。生物部の顧問だったI先生が亡くなられたとのことだった。八十五歳。とうとう、という思いであった。印刷の他に必ず一言書いてくださる年賀状が、昨年は失礼ながら少し筆が乱れ、今年は印刷のみだったのでもしや、と気にはなっていたのだ。

あの頃から中学生にとってはおじいちゃん先生で、朝、学校への坂道を登っていくと、下のほうからパタパタ……とバイクの音が聞え、ニカッと笑いながら追い抜いていかれるのが常であった。黄金バットに似ていた。鷹揚な人柄で、自らの研究者としての姿勢を示すことで、研究の面白さに生徒たちをぐいぐい引き込んでいかれる、古き良き時代の先生であった。大きな口をあけて「カ・カ・カ・カ・カ」と笑われた。I先生には「問題を見つけ、仮説を立て、考察を重ねて結論に至る」という研究の方法や、レポートのまとめ方をしっかり教えてもらった。それが今も自分の仕事の土台になっているように思う。

また、初めて東京という所を見せてもらったのも、I先生のおかげだった。生物部の共同研究が日本学生科学賞の全国審査で三位になり、その表彰式に部の代表の一人として連れて行っていただいたのだ。「東京ってなんて大きいんや！　みんな標準語で話してる。テレビみたいや」というのが十四歳の少年の素直な感想だった。まだまだ日本中が活気にあふれていて、東京が全ての中心の時代だった。かぐや姫の『神田川』が流行っていた。

初夏の奈良の山裾には夕方の風情がよく似合う。そこに不釣合いなほど長い喪服の列ができていた。あちこちでかなりの年配の方々が

「わたしは○○中で……」

「わたしゃもうすっかりお世話になって……」

「ほほう、じゃあ○○の頃ですか」

などと楽しげに談笑されているさまは、実に先生のお人柄に合っているような気がして心が和んだ。盆である。I先生はどうしておられるだろうか。

父

「お父ちゃんが死んだらな」

ずいぶん昔、まだ元気で大きかった頃の父は言った。

「命日とかお彼岸とかはどうでもええ。お盆にな、十五日にな、年に一回墓参りに来てくれたらええからな」

その頃は自分も子どもで、父の死なんてことにまるで現実味がなかったので、そんなにも気に留めなかった。

父は無口で、会社から帰ると寝るまでずっとテレビを見ていて、そのくせ子どもには自由に見せてくれず、夜更かしをしていると叱る人だった。勉強より健康が大切だという発想だったのだと思う。几帳面で、家のあちこちを直したり自転車を磨いたりすることを趣味のようにしていた。美空ひばりが好きだった。

学徒動員で出征し、満州で終戦を迎える。長いシベリア抑留生活を思い出すからと、戦争映画は見たがらなかった。父が日本に帰ってきたのはもう昭和三十年を過ぎ、戦後の影さえ無くなってきた頃だった。それから結婚して自分と弟が生まれたのだから、当時としてはかなりの晩婚だった。小学校だったか中学校だったかの授業参観日に一度来てくれたことがあったが、友人が、

「来たはるの、おじいちゃんか？」

と聞くのにはちょっと困った。自分に向けられた笑顔を見た記憶はあまりないが、八つ離れた弟には本当に甘く、いわゆる猫かわいがりをしていた。孫の感覚だったのだろうと思う。


そんな父も三十年以上前に、胃癌であっけなく死んでしまった。小さく小さくなって、枯れるように死んでしまった。そうなってみると、思い出すのはあの約束。父と交わした唯一の約束。せめてこれを守ってやることぐらいしか、今となってはできることはない。何かを供えたりすることは無意味だと骨を拾った時に感じたから、ただ、年に一回そこへ会いに行く。今日も行った。おそらく来年も。

夏の日の思い出

子どもの頃の夏休みの最大の楽しみは、三重県の山深い親戚の家に遊びに行くことだった。親戚の家は由緒ある神社で、その頃の自分にとって、遠い遠いとっても遠いところで、およそ日常の生活とかけ離れた夢の世界であった。

バスに一時間、単線の列車に一時間、トンネルを抜けるたびに深まりゆく山と渓谷、そしてディーゼル列車の独特の匂いが、否が応でも旅の興奮の度合いを高めるのだった。列車を降り、さらに土煙を上げて走るバスに三十分ほども揺られ、バス停から二十分ほど坂を上ると、ようやくひなびた鳥居に辿り着く。そこからさらに坂を下り川を渡って長い石段を上ると、うっそうとした林と山に抱かれるように、その家はあるのだった。

いよいよ夢のような日々が始まる。早朝から三人のいとこたちとクワガタやカブトムシを捕りに出かけ、濃い牛乳を飲み、谷川でカニを探し、縁側で昼寝をし、縁の下に蟻地獄を発見し、よろず屋へ買い物に出かけ、野球をし、かくれんぼをし、スイカを食べ……と、思いつく限りの遊びをしているうちに日は西に傾き、あたりはヒグラシの大合唱に包まれる。風呂上りの夕方はすっきりと涼しく、お釜で炊かれた御飯のおいしいこと！　その後も花火をしたり、灯りに寄ってくる不思議な蛾に見とれたり、布団の上を転げまわったりしているうちに、いつしか眠りにつく。

しかし楽しい日々はあっという間に終わり、帰る日となってしまう。いとこたちとともにバスの停留所まで歩く。前の日と同じくカラッと晴れたいい天気なのだが、ため息ばかりが出て、彼らの下駄の音だけが妙に大きく聞こえる。盛大に手を振るいとこたちはバスの窓にどんどん小さくなり、列車に、バスに乗り換えるにつれて、膨らんでいた夢も希望も夕日が沈むのに合わせるかのようにシューと音を立ててしぼんでいくのだった。夜、家に着いた瞬間、

「ああ、今年の夏休みも終わったな」

などと子ども心にたそがれていたのが妙に懐かしい。

深草今昔

小さい頃、家の周りの地名は耳から入ってくる音だけの、言ってみれば意味を持たないカタカナ地名だった。家の前はシダンカイドー、タクシーを捕まえに行く交通量の多い通りはグンドー（前のオリンピックの聖火も通った）、遊びに行く藤森中のグラウンド（水はけが悪いのか端のほうは池になっていて、ザリガニが釣れた）周辺はレンページョー、上の町にある銭湯はグンジュー。たぶん昭和四十年頃のことだ。のんびり平和で温かな音として親しんでいた。事実、子どもにやさしい温かな町だった。

大きくなり、文字を獲得し思考が伴ってきて、それらはそれぞれ師団街道、軍道（第三軍道）、練兵場、軍人湯と変わった。練兵場こそ既に科学センター・藤森中・龍谷大・警察学校等に変わっているが、その他の地名や名称は今もそのままだ。軍都だったのだ、ここは。

広大な練兵場には飛行機も発着していたそうだ。それ以外にも、学校にしては妙に威圧感のある赤レンガの聖母女学院は陸軍第十六師団司令本部だったし、医療センターも京都教育大学も当時の軍の施設であった。地形図で見ると、聖母女学院から京都教育大学までが大きな一つの施設であったことがわかる。京阪電車の藤森駅は、当時は「師団前」と言ったそうだ。師団司令本部と練兵場を結ぶのがメインストリートの第二軍道。深草駅のすぐ南が第一軍道。軍道が三本とも京阪を高架で跨いでいるのは、電車の通過のために行軍が止まることを避けるためだったそうだ。なんと言えばいいのだろう、今となっては「功名一時の草むらとなる」の感じだ。

最近、軍都深草がちょっとだけブームらしい。いろんな味わい方がある。昔ながらの軍人湯にゆっくり浸かるのもいいし、疎水に架かる橋の橋脚に残る陸軍のマークを見ながら散策するのもいいだろう。しかし一番のお勧めは、聖母女学院の夜景である。大きな門のシルエットの遥か向こうに、ライトアップされた赤レンガの校舎がシンデレラ城なみに神々しく美しく浮かび上がる。クリスマス前はさらに十倍ほど素敵になる。見ていると、今はとても平和で厳かな気持ちになる。

皆既月食の夜に

この春の皆既月食は、一人で梅酒を飲みながらぼんやりと眺めていたのだけれど、幼い頃の月食はなんだか怖くて不思議なできごとだった。あの暗い赤色も怖かったし、皆既月食を怪奇月食と誤解していたからかもしれない。実家の古い二階の縁から身を乗り出して見ていたのを覚えている。そんな時、大人たちは子どもを怖がらせるような話をし、子どもたちは怖さと同時に大人たちに完璧に保護されている絶対的な安心を感じていたように思う。

うちは親戚二世帯が東西にほぼ別々に生活する大家族だった。敷地も広く、大きな木もたくさん茂っていたので、子どもにとっては遊び場所に事欠かなかった。大抵はいとこと庭で遊んでいたが、裏庭、縁の下に残る防空壕、屋根や木の上でもよく遊んだ。いろんな冒険のコースがあって、その発着点は先ほどの二階の縁であった。

昔の行事の多い家だったので、節分、ひな祭り、端午の節句と藤森神社のお祭り、七夕、お月見といろんな楽しみがあった。なぜかクリスマスはケーキを食べるだけだった。その中で最大のイベントは、なんといっても大みそか、紅白歌合戦からのカウントダウン、そしてお正月だった。あの頃のお正月は本当に「もう幾つ寝ると」と待ちに待ったものだった。

十二時になって家内の神々に参拝すると、すぐに藤森神社に初詣に行く。帰ってくると、朝まで頑張るつもりなのに毎年寝落ちする。それでもいつもの休日より早く起きると、何度も郵便受けを見に行き、やっときた年賀状を張り切って仕分けする。両方の家族全員でお祝いをして、あとはさまざまな正月の遊びと正月番組の中でゆるゆると時を過ごす。それが三日も続くのだから楽しくないわけがない。そう言えば、親戚や来客からのお年玉は未だに親に「預かって」もらったままになっている。

豊かな自然と年中行事の中で実にゆったりした幼年時代を過ごしたものだと思う。そんな平穏な日々にやがて亀裂が入ることになる。それはそれぞれの家族が迎えた「お受験」に端を発するのだが、その話はまたいつか。

避暑地の出来事

高三の夏、長野県栂池《つがいけ》の民宿に友人と二週間ほど滞在したことがあった。本当にのんびりした高原の素朴な農村で、買い物に行くと言えば、おっちゃんは快くスーパーカブを貸してくれた。当時いわゆる運転免許には全く無縁な頃だったのだけど。

まだ原付はヘルメットの着用義務がなかったころで、畑の間の道を自転車感覚でテレテレ〜と走っていると、パトカーと出会い頭にぶちあたりかけた。どうも今思えば右側を走っていたようだ。

「おいおい、あぶないじゃあないか」

「あ、すんません」

「右側走っちゃあダメだよぉ。免許証は？」

「あの、今ないんです。民宿に泊まってるんですけど」

「ああ、民宿。忘れてきたの？」

「いえ、民宿にもなくって」

それまで手帳を見ていた目がちょっと鋭くなってこちらに向いた。

「どこから来たの？　家に置いてきたってこと？　不携帯になるよ」

「京都ですけど。家にも……ないんです」

「え、どゆことそれ。どこにあるの？」

「どこにも……ないです」

「じゃあ、無免許じゃないか！」

「はあ、そうともいいます」

「○！×●△※◆£！◇▼！」

人の好さそうな年配のおまわりさんは顔を真っ赤にして怒り出した。そりゃ怒るよなあと思いつつ、一時間ほど「すんません」を繰り返した末に、切符は切られずにすんだ。家に帰ってから何か送られてくるかと思ってしばらく不安な日々を過ごしたが、何事もなかった。なんとものんびりした古き良き時代であった。

五、徒然なるまま

不老不死はいかがですか

三十歳元服説ってのがあるらしい。なるほどって思う。人間五十年と言われた頃から、人間の寿命は倍近く延びた。同時に、成長に要する年数も倍かかるようになったというのだ。ということは、今の四十歳が昔の二十歳。なるほど。やっと大人らしい落ち着きと分別ができるようになった頃だ。武士の成人式である元服が十五歳、父は息子に切腹の作法を教えるそうだが、それが今の三十歳。うーん、三十歳なら責任のある仕事ができないといけないなあ。失敗したら切腹もやむを得まい。成人式で馬鹿やっているのが昔の十歳。それならわかる。まあ馬鹿やりたい年頃だよねえ。そんなふうに考えていけば、「最近の○○は！」と言われる現象はたいていごく自然なこととして説明できるような気がする。

じゃあ自分はと言えば、昔なら三十一歳ちょい手前ぐらい。人生これからじゃないかと思うのだが、いやいや体がついてこない。目は老眼になるし、耳も遠くなるし、体の節々が痛くて正座が辛い。記憶も怪しい。肉体は確実に老化してきている。

そんな肉体と精神のアンバランスこそが、現代人の悲劇と言えるのかもしれない。

昔の人々は、寿命は短くても年相応に達観というものが出てきてバランスよく一生をまとめたのだろうが、絶大な富や権力を手に入れた人は、いつまでも旺盛な野望と衰えていく肉体の狭間で「生」に執着し、「失いたくない」と狂おしくもがき、不老不死を求めようと惜しげもなく金を使った。橘の実の話、かぐや姫の話、浦島太郎の話、火の鳥の伝説……そしてその心の隙間に巧みにすり寄る宗教。

「大丈夫、あなたの本当の人生は死んでから始まるのですよ」

「えー、死んだことないあなたになぜそれがわかるのですか？」

という話だが、めったにクレームはない。なぜならその人が生き返ってくることはないので。

授業で不老不死の薬がほしいかどうか中学生に聞いたことがある。いらないという人がほとんどだった。ちょっとほっとした。不老不死であるということは、自分の親しい人がみんな自分より先に死んでいくということだから、とっても寂しくて辛いことなのだ。本当は。

ゆとりってなんだろう

「子どもにゆとりをアタエマショウ」

と最近盛んに言われるのだけど、言えば言うほどドンドンゆとりがなくなっていっているように思うのは自分だけだろうか？

「こうすれば、ゆとりがツクレマス」

「ゆとりをツクルタメニ、今日はこんな取り組みを」

そしてますます忙しくゆとりがなくなっていく。

「まだまだゆとりが足りません。もっと働いて、ゆとりをツクリマショウ」

ふうー、なんだかしんどいと休憩していると、

「何してるんだ！　そんなに楽してたら、ゆとりがデキナイジャナイカ!!」

あれ？　なにかがおかしいと首をかしげつつ、以上中継でお送りしました。

昭和四十年頃、『三丁目の夕日』に描かれているあの頃の方がずっと本当のゆとりがあったような気がするのだが。

と、書いたのは実は二十年ほど前で、今は誰もゆとりとは言わない。今度は学力が低下しているから授業時数を確保せよ、もっと考えさせろと言う。

「学習量を減らしたら、いわゆる学力が低下するのは当たり前で、それよりもゆとりが大事やと思ったからやったんじゃないんですか？」

という話なのだが、もしかして誰もそんな予想をしていなかったのだろうか。それどころか、その時代に教育を受けてきた若者たちを見て、ため息交じりに

「やっぱり、ゆとりちゃんは……」

などと言う。誰が彼らをそうしたのか。彼らにはなんの責任もないのに。

現場から言えば、授業時数が減って、ゆっくり考えたり練習したりする時間がなくなった、つまり授業にゆとりがなくなったことが、いわゆる学力低下の最大原因。そして六日間でやっていた仕事を、五日間でやらねばならなくなったことが、いわゆるブラックの発端。枠はそのままで今度は授業時数増やせと言われて、みんな困って疲れていくのは、まあ当たり前の話なのだ。What is YUTORI？　よく考えよう。

大志を抱け

いわゆる幕末物を読むと、いつも身内が震えるような感じがする。それはストーリーの巧みさにもよるが、それよりもむしろ彼らの若さにである。坂本竜馬 三十二歳、高杉晋作 二十八歳、吉田松陰 二十九歳、近藤勇 三十四歳、土方歳三 三十五歳、それが彼らの逝った年である。なんと若い！ と思う。そんな若い数知れない青年たちの夢と希望と血と汗が近代の日本を作ったのだということを、自分たちは普段どれぐらい意識しているだろう。政治家というとかなりの年配をイメージしてしまうが、全然そんなことはない。彼らは命を懸けて自らの夢を実現しようとし、そして死んでいった。そのことを考えると、毎日をなんとなく生きている自分がすごく時間を無駄にしているようで、申し訳なく思うのだ。薄い生き方をしているなあと思う。今の日本を、日本の若者を竜馬に見せたらなんて言われるだろう。怖くて見せられない。

彼ら（いわゆる幕末の志士たち）の、今の若者との最大の違いは何かと考えると、

「国はこうあるべきだ、そういう国を自分たちの手で作り上げるのだ」という芯があったということだと思う。主義主張はそれぞれ違うし、そこにたくさんの血も流れたわけだが、勤王も佐幕も芯の部分があることに変わりはない。本気の夢と言ってもいいかもしれない。その夢の実現のために彼らは師を求めて学び、書を読み、議論し、行動した。つまり自らの学習に明確な目的があったということだ。そしてそこでつけた力を即行動に移したということだ。命をかけて。

善意の大人たち（親や教師）にも責任はあるかもしれない。子どもが大きすぎる（大人たちがそう思うだけだが）夢を語ると、大人たちはそのリスクを考えるあまり、たしなめたり、注意したり、笑ったりしてその夢をつぶしてしまう。それは全くの善意による行動なのだが、同時に子どもたちの可能性をつぶしてはいないか。

「日本を今一度洗濯いたし申候」

坂本龍馬の手紙にある言葉だが、それぐらいの気概を持つ子どもたちであってほしいし、それをゆったり応援する大人でありたいと思う。

くるり

ずいぶん前の新聞記事の話。西田哲学で有名な西田幾多郎氏の
「自分は、人生の前半を教室で前を向いて過ごし、後半をうしろを向いて過ごした。教室の中でくるりと一回転したのが自分の人生だ」

というような言葉をもとに、

「教師というのはその一生を教室という狭い世界で過ごす。そんな狭い世界しか知らない教師に、本当に子どもの様々な可能性、将来の進みうる道が指導できるのだろうか」

という問題提起があった。

読んで、それこそハンマーで後頭部をグワアンと殴られたような衝撃を受けた。本当にそうだと思った。多くの教師は大学まで教室で学生として過ごし、採用されるとやはり教室で教師として過ごす。教師と生徒という特異な人間関係の中で。だから、「教師の常識は世間の非常識」なんてことを言われたりするのだ。

その指摘は、残念ながらけっこう当たっている。昔は「でもしか教師」などと揶揄されたようだが、高倍率の仕事となった今ではそう簡単になれる職業ではなくなってきた。ではどういう人間が教師になっているのか。全てがそうではないが、おおむね真面目、子ども好き、理想家、自己愛が強い、競争社会はやや苦手、といったところか。学校では新人・ベテラン関係なく子どもたちに「先生、先生」と慕われ、教室には自分より上位の存在はなく、同僚や上司からも「○○先生」と呼ばれ、ずっと年上の保護者からも「先生、先生」と頭を下げられる。だから勘違いする。突然自分が偉くなったように思う。違うのだ。子どもたちには教師の選択権はなく、他に頼れる大人はいないだけで、職場の「○○先生」は「○○君」と同義で、保護者は「人質に取られたわが子が不利益を被らないように」と我慢しているだけなのだ。まあ最近は保護者もあまり我慢しなくなったけれど。

やはり教師はもっと世間を知り、さまざまな経験をしないといけない。他職種で一年以上の就業経験というのを採用条件にしてはどうだろうか。

性差について

「看護婦という名称には差別性がある。看護士（今は看護師）にします」
と言われて久しい。ちょっと言い間違えると
「看護士です」
と訂正されたりする。保母も保育士、スチュワーデスもフライトアテンダントとかになった。でもなあ……と思うのだ。これって差別？　病院に来るような心も体も弱っている人にとって、「看護士さん」と「看護婦さん」とでは、どちらがやさしく響くだろう。どちらが癒されるだろう。どちらが硬く、取っ付きにくい感じがするだろう。同じく小さな子どもたちにとって、あるいはその親にとって、「保育士さん」と「保母さん」はどちらがやさしく、温かく響くだろう。
呼称を統一したから
「はいOK。男女差別を解消しました」
というのは、あまりにも短絡的で表面的な発想ではないだろうか。むしろ差別を

その程度のものと考えて処理することこそ差別的だ。患者や乳幼児の目線からの発想というのをもっと大切にすべきだと思うのだけどねえ。だって、呼称から性差を取り除くことがよいのなら、お父さんお母さんも親さん親さんになるし、お兄さんお姉さんも年上の子どもさん年上の子どもさん（兄弟姉妹もあかんからね）、おじいさんおばあさんも親の親さん親の親さん、叔父さん叔母さんも親の親から生まれた子どもさん親の親から生まれた子どもさん、甥姪はえーっと、もうわけわからん。差別と区別は違うのだから。そこのところを考えておかないと本当に混乱する。学校現場の男女混合名簿なんて、その最たるものだ。最近は漢字を見ただけでは読み方も性別もわからない名前がけっこう多いので、本当に困る。

もちろん性の問題は非常にデリケートな問題であることは承知している。ＬＧＢＴＱのことも含めて。でも一方で、なんら抵抗なく、いやむしろ好んで使われている言葉もあって、どうなんだろうかと思う。例えば「女優」「女子高生」「ＪＫ」。なぜ「俳優」と「女優」という区別があるのか。納得できない。

中学校教育についての提言

学校現場でよく「子どもたちに力をつけねば」とか「学力向上」とか「生きる力を」と言われるが、例えば公立中学校で子どもにつけるべき「力」とは何なのかということについて、どれだけ根本的な議論や検討がなされているだろうか。もしそれが学力テストの平均点アップみたいな低レベルのところに落ち着いているのなら、それは実に嘆かわしいことだと思う。

公立中学校は義務教育の最後のステップである。それを最後に実社会に出ていく人もいる。であるならば、公立中学校に課せられた課題は、日本という国で自立して生きていくための力をつけることである。言い方を換えれば、日本という国の主権者（憲法で定めるところの）として生きていくために必要な力をつけるということである。全ての教育活動はそこを発想のスタートとし、そうなることを実践のゴールとしなければならない。もちろん政治に参加できる十八歳までには三年あるので、卒業即実践ではない。しかし少なくとも、ものの考え方、人との関係の作り方、自分を大切にすること、問題発見と解決の方法、危機管理の方法など、十五歳時点での必須の「力」というものがある。それをきちんと検証整理して、それができるための知識とトレーニングを、教科やその他の教育活動に配分（どこで何ができるか）した上で、カリキュラムを組むことが必要だと考える。

例えば、歴史の学習は過去の人々の営み（成功と失敗）を学ぶことによって自分の生き方や今後の社会のあり方、すなわち未来を考えるための大切な学習である。しかし実際の授業やテストは、過去のできごとを覚えることに終始してないだろうか。数学は解決の糸口を発見し、筋道を立てて考え、わかりやすく説明する力をつけるための学習である。しかし計算はできるが応用問題は苦手な生徒がとても多い。それは本当につけるべき力がつけられていないということではないだろうか。

この学習の目的は何で、将来どういう場面で生きてくるのかということを、授業者もわかり、生徒にも理解させる、つまり共にゴールが見えた状態で学習することが大切だと思う。

動物園にはお一人で

動物園が好きだ。京都には岡崎動物園というのがあって、今でこそずいぶんリニューアルされて様変わりしたが、昔は素朴な、動物との距離の近い動物園だった。ルール的には×だが、キリンやダチョウに木の葉を食べさせることもできた。

高校生の頃、授業をさぼって、開園直後の動物園に一人で行ったことがある。ゴリラは、壁にもたれて左右の肩を交互に叩きながら、

「今日も一日人間の相手をするのか……」

とため息交じりにつぶやいていた（ような気がした）。そっとリンゴを転がしてみたが、つまらなそうに一瞥《いちべつ》しただけだった。オランウータンは枝にぶら下がりながらジャンケンに付き合ってくれた。両者グー、そしてパー。そこから素早くチョキに変えると、彼はチョキができず、パーのまま。「勝ったな」と思った。およそ高校生が授業さぼってやることではないが。

先日、大阪の天王寺動物園に行った。縦横のスペースが実にたくみに使われてい

て、見る者を楽しませてくれる。ずいぶんとディスプレイが工夫されていて、なるほどよく考えられていると思うことが多かった。サイも十分な運動のスペースを与えられているし、カバも広くて深い池をもらっていて、しかも水中の様子が横から観察できるようになっている。見ていて飽きない。

ずらり並んだ猿舎では、秋のやわらかい日差しを浴びて、いろいろな種類の猿がそれぞれに過ごしていた。生まれて間もない子猿の、親を見る信頼に満ちた眼差し。そして子猿をいとおしそうに見つめ、顔についたゴミをさりげなく取ってやる母猿。隣のオリではのんびり、ゆっくりとノミ取りをする夫婦。「家族」ということを考えて、しばらく離れられなかった。彼らと我々ヒトと、どちらが家族らしいだろう？　どちらの絆が深いんだろう？　と、考え込んでしまった。ふと、この動物園に今一番たくさんいる動物はなんだろうと考えた。フラミンゴか、猿か、ペンギンか、うーん、あっ、そうか。それは間違いなくヒトだ。

神に祈るということ

「これを射損ずるものならば、弓切り折り自害して、人に二度《ふたたび》面を向かふべからず。いま一度本国へ迎へんとおぼしめさば、この矢はづさせたまふな」

おなじみ『平家物語』「扇の的」の那須与一の祈りの言葉である。実にカッコイイ。自分を極限まで追い詰め、神に迫る姿は、文字どおり「必死」だ。そして、祈りが神に通じたのか、それとも死を超越した与一の精神力のたまものか、与一は見事に扇の的を射抜くことになる。

ここに、昔の日本の「神に祈るということ」の姿が示されている。それは単なるお願いではなく、自分自身の極限までの努力を必要とし、その上で交換条件を提示して神に迫ることなのだ。こういう祈りはちょっとやそっとでは怖くてできない。

例えば

「わたしは、これから一年間一生懸命がんばります。もし本当にがんばっていると思われるなら、私の願いをかなえてください（本気じゃないと思われたら、願いをかなえないでください)」

という祈り。自分の心のうちは全て神に見られていて、そこに少しでもウソがあれば、逆に神によって願いは断たれてしまうのだ。これは怖い。相手が神だけに、ちょっとした心の迷いも全て見抜かれてしまう。やるしかない。そこまで自分を追い込むということだ。

勉強もろくにしないで初詣に行って、

「○○高校に合格しますようにぃー」

と言って学業成就のお守りを買って帰るとか、何も自分を磨かずに

「彼がぁ、私のことぉ、振り向いてくれますようにぃ」

と言って縁結びのお守りを買って帰るのとは、根本的に違うのだ。まあ最近の神社もいろんな売れそうなお守りを並べすぎだと思うけれど。

こういう祈りができるぐらい覚悟が決まっていれば、真剣に取り組めるし、結果としてどんな願いでも叶うような気がするが……できる?

時の過ぎゆくままに

時間というのは相対的なもので、絶対的なものではないらしい。友達と遊んでいる楽しい時は早く過ぎるし、嫌いな授業の退屈な時はなかなか過ぎないように感じる。しかし、それは感じるだけじゃなく、本当に時間のたち方が違うのだという。もしそれが本当なら、『浦島太郎』や『リップ・ヴァン・ウインクル』の話もなるほどそういうことがあるかも、ということになる。地球上と宇宙空間では時間のたち方が本当に違うそうだ。

また、小さい時の一年に比べて、大人になってからの一年というのはすごく短い。あっという間に一ヵ月や二ヵ月は終わってしまうし、春夏秋冬も目まぐるしく過ぎていくし、気がつけば杜甫のように、

「あらら今年も終わっちゃう……」

ということになる。そしてそのスピードは年とともに加速していくような気がする。

ある夜の剣道の稽古会の後で、

「最近は時計の短い針が動くのが見えるわ」

「俺はまだ長い針やな」

そんなことを仲間うちで喋っていたとき、W君が言った。

「五歳のときの一年は人生の五分の一やからなあ、長いんや。三十歳のときの一年は人生の三十分の一やから短いねん」

一瞬場が静まり、その後

「おおー！」

と、どよめいた。まったくそのとおりだ。目からうろこがばらばらと音を立てて落ちた。この男、ただものじゃない。

ちなみにW君、剣道の稽古会で一回だけ来た女性（現在の奥さん）に一目ぼれし、サクッと一本勝ちを収めた。今ではかわいい姉妹のやさしいパパになっている。彼曰く、男女一対三でけっこう苦戦しているのだとか。彼にとってあの頃と今と、どちらが時の過ぎるのが早いだろうか。

交剣知愛

小さい頃、剣道が嫌でしょうがなかった。痛いし、臭いし、苦しいし。なのに、なぜ今も剣道をしているのだろうか。暑い夏に汗にまみれ、寒い冬に凍える素足で。それはきっと、相手と対峙したときのなんともいえない緊張と高揚、そしてお互いがお互いに百パーセント集中しているという認め合う喜びの実感、そんなものがあるからだろう。そしてその状態からの攻め、ぎりぎりのタメ、それが一致した瞬間にのみ実現する素晴らしい一本。打ったほうも打たれたほうも「ああ！」と感じる一本。そんなものがあるから剣道はやめられないのだと思う。

また、老若男女の差なく全力で勝負ができるのも剣道の大きな魅力の一つだ。ひそかにスーパーじいさんと呼んでいる高齢の先生方には底知れぬパワーがあって、現役バリバリがどうしたって敵わないことがある。瞬発力も筋力もスピードも、どれをとっても遥かに劣っておられるはずなのに、竹刀を取って立ち合うとなす術もなく追い詰められ、苦し紛れの出頭をいとも簡単に押さえられてしまう。本当に参りましたという気になる。でもその瞬間がとてもいいのだ。そんな、相手との心のやりとりを求めて剣道を続けているのだと思う。

「一眼、二足、三胆、四力」という言葉がある。剣道で大切なものを大切な順に並べたものだ。最近になって、やっとその意味するところがわかってきた気がする。

「眼」が相手の動きや竹刀の動きについていく動体視力というよりは、相手の打とうとか逃げようとかいう心の動きを見抜く「眼」であることや、「足」が素早く動けるとか遠くまで跳べることよりも、相手の心にすっと入り込むような先を取った足さばきができる「足」であること。そしてそれらが確かに「胆」(動じない強い気持ち)や「力」(パワー)より上位であること。言葉の意味が、知識としてではなく実感としてわかってくると、なかなか越えられない壁にぶつかっても「ああ、昔の人と同じ壁にぶつかっている!」

と、これまたとてもうれしくなるのだ。まったく、剣道は奥が深い。

外国語というツール

ずいぶん昔になったが、S予備校のOという英作文担当の講師はなかなかの切れ者で有名だった。ある日、授業の前に彼は言った。

「英語ペラペラに話したいとか、そんなん何の値打ちもないんですよ。ペラペラ、ペラペラて、三ヵ月も向こうにいたら喋れるし、三歳のアメリカの子は今の君らよりずっとペラペラなわけや。そんなこと目指してもしゃーないですよ。だいたいペラペラっちゅう語感が薄っぺらいわな。向こうへ君らが行ったとして、君らが英語ペラペラに喋ることなんか誰も期待してへん。ギリギリ通じたらよろし。で、日本のこと聞かれたら何も答えられへん奴ばっかりやからね。だから日本人バカにされるんや。君ら日本へ来たアメリカ人と仲良くなったらどんなこと聞きたい？　日本語ペラペラ違ってもええでしょ。それよりアメリカのいろんなこと聞きたいんちゃうか。だから英語より日本のいろんなこと勉強してあっちへ行かなあかんねん。彼らにとって君たちは日本人代表やし、日本文化代表であるわけですから。せやからギリギリ通じる英作文教えます」

こんな明快な話が他にあるだろうか！　本当にそのとおりだと心から思った。アメリカ人と知り合ったら、アメリカについてのいろんなことが本当はどうなのか、アメリカ人はどう思っているのかを聞きたいし、ロシア人と知り合ったらロシアについて、やはり同じことを聞きたい。彼らの日本語が上手であっても下手であっても、そんなことはどうでもいい。むしろカタコトであったほうが好感がもてる。ただ、彼らがアメリカについて何も知らない、ロシアについて何も知らないとなったら、それはがっかりするし、友達になろうとは思わないだろう。そういう意味で、日本のことをよく勉強して、自分の意見をもって外国に行くことはとても大切だと思う。

外国語の習得は、コミュニケーションのツールの獲得であって、ゴールではない。大事なことは、そのツールを使って何をしようとするのかということだ。ちなみに自分は、O先生の授業を二年ばかり受けてはいたが、そのツールを全く獲得できていない。残念。

流れる流れ橋を見つめて

よく時代劇の撮影で使われる木津川の流れ橋は、そこに立っただけで江戸時代の気分を味わえるような、雰囲気抜群の橋なのだが、先日の台風でまた流失した。たまたま通りかかって、

「あー流れてるなあ」

と思って見ていたのだが、新聞によれば、この橋は昭和二十八年（もっと古いと思っていた）にできて、これで二十回以上流失しているそうだ。

「流れすぎやん」

とも思うが、流れることによって被害を最小限に抑える仕組みになっている。橋桁・橋板にはワイヤーが付いていて、それを引っ張ってちょいと載せれば元通りとなる。実際はそう簡単な作業じゃないけれど。

この流れ橋という発想に、日本人の自然観が表れていておもしろいと思う。西洋では自然は戦って克服すべきものである。だから自然に負けない家を作り、自然に

負けない橋を架ける。いっぽう日本では、人は自然の一部であり、そこに住まわせてもらって、自然の恵みをいただく存在なのだ。だから家も橋も被害を最小限に抑える仕組みを考えた。自然と戦うという発想はない。なぜなら自然のありとあらゆるところに神がいるのだから。八百万の神々が。今も田植えの前には祭りをして豊作を祈り、収穫すれば祭りをして感謝を表す。家を建てるときにはその土地の神を鎮める地鎮祭を行う。稲妻という言葉のとおり、稲の神と雷の神が「結ばれて」米が実る。そうやって見ていけば、日本の「神」は「自然」とほぼ同義であると言える。

かつて日本人の行動の基準は、「神（自然）が怒らないか」ということだった。そうならない方法を考え、うまくいけば神（自然）の恵みとして感謝の意を表した。そしてあらゆるものを生み出す自然の「結び」（協同と言ってもいいと思う）を大切にした。この自然への「配慮」「感謝」「協同」が、今後の環境問題を考えるための大きなヒントになると思うのだが、いかがなものだろうか。

あとがきという名の手紙

拝啓

気がつけば十月、あんなに暑かった京都も、すっかり秋の装いとなってまいりました。あなたはお元気でお過ごしでしょうか。

さて、「本が出るよ〜」とあちこちでつぶやいて約一年がたち、ついにそれが現実のものとなりました。我ながら驚きです。初めに幻冬舎さんからお話をいただいたとき、いわゆる自費出版をすることへの抵抗感と、車一台買えますやんという費用の面でずいぶんと悩みました。しかし、そもそもの出版願望（そこをうまくくすぐられました）と、出版という世界を授業料を払ってでも勉強・体験してみたいという思いで、やってみることを決意したのでした。

実際の作業は、自分のＨＰ『徒然草巾』から選ばれたベースとなる文章群を読み返し、それぞれ二ページに収まるように書き直す、だいたいは倍の分量にするという作業です。これが産みの苦しみというやつで大変でした。筋がずれていったり、だらだらしたり、くどくなったり……。しかし反面、そのためにという名目で小さめのPCを買って、喫茶店や野外でカタカタやるという至福の時を過ごせたのも事実です。

やってみたかったんだなあ。なんだかカッコいいし。

今、読み返してみると、なんとなく生きてきたようでも、色々なことを考えたり経験したりしてきたんだなと思います。昔、誰かに「あなたの話って、ほとんどわけわかんないけど、十回に一回ぐらいすごい当たりが入ってるわね」と言われたことがあります。単純計算してみると、本書にも五つ六つは当たりが入っている計算になります。あなたにとっての当たりがたくさん入っていますように。

最後に、素敵なイラスト（表紙も！）で彩りを添えてくださった深咲さんに御礼を申し上げたいです。どうもありがとうございました。そしてこの世界に引き込み、手取り足取り出版という世界を体験させてくださった編集部の市村まやさんに、最大級の感謝を申し上げます。本当にありがとうございました。

さて、秋本番、お体に気をつけられて、日々楽しくお過ごしくださいませ。また会える日があったらうれしいなあと思います。　ではまた

敬具

令和三年十月十四日

礒谷義仁

あなたへ

著者紹介

礒谷義仁（いそがい よしひと）

1960年1月7日京都に生まれる。

立命館大学文学部史学科日本史学専攻卒業。

1984年4月から京都市立中学校国語科教諭。2021年3月退職。61歳、独身。

剣道場「京都梁山泊」主宰。剣道錬士6段。趣味はバイク、剣道、旅、妄想。

現在、京都市立中学校部活動指導員（剣道）をしながら秘密基地作りに没頭中。今年のテーマは「晴耕雨読時々稽古」。

京都夢幻奇譚《きょうとむげんきたん》

2021年10月14日　第1刷発行

著　者　　礒谷義仁
発行人　　久保田貴幸

発行元　　株式会社 幻冬舎メディアコンサルティング
〒151-0051　東京都渋谷区千駄ヶ谷4-9-7
電話　03-5411-6440（編集）

発売元　　株式会社 幻冬舎
〒151-0051　東京都渋谷区千駄ヶ谷4-9-7
電話　03-5411-6222（営業）

印刷・製本　中央精版印刷株式会社
装　丁　　小松清一

検印廃止

Printed in Japan
ISBN 978-4-344-93393-4 C0095
幻冬舎メディアコンサルティングHP
http://www.gentosha-mc.com/